KB012226

아사기리 하레루

"야호~! 모두의 마음속 태양, 아사기리 하레루가 떠올랐어!"

모두를 활짝 웃게 만드는 걸 좋아하는 활력이 넘치는 여학생. 모든 것에 호기심이 왕성하고 기운이 넘친다. 멈출 줄 모르는 기세로 주위 사람들의 예상을 아득히 넘어서는 언동도 종종 보여준다.

우츠키 세이

"안녕, 제군! 모두의 세이 님, 등장이다!"

전생에선 남자의 정기를 양식으로 살아가는 서큐버스였지만, 동성인 여자한테만 흥미가 있어서 굶어 죽었다. 환생하고 난 뒤 지금에 이르렀다. 머리의 뿔은 전생의 흔적.

카미나리 시온

"콘미코~! 모두의 마마, 카미나리 시온이야~!"

아홉 개의 꼬리를 가진 무녀이며, 신의 사도로서 사람들의 안녕을 지키고 있다. 아홉 개의 복슬복슬한 꼬리는 감정에 맞추어 격렬하게 움직이기 때문에, 그녀의 등 뒤에 설 때는 주의가 필요하다.

히루네 네코마

"냐냐~앙! 고소한 냄새에 이끌려 등장! 히루네 네코마다!"

낮잠을 아주 좋아하는 오드아이 동물 소녀. 그러나 뭔가 먹고 있는 사람이 가까이 있으면 갑자기 일어나 눈빛을 반짝거리며 곁에 다가간다. 뭔가 주면 좋아한다. 안 줘도 쓰다듬어주면 좋아한다.

소우마 아리스

"네! 소우마 아리스, 현 시간부로 등장
했습니다!"

자기자신의 해방을 테마로 삼은 아이돌 그룹, 레지
스탕스의 멤버. 쿨한 외모로 남녀 모두에게 인기가
있지만 알맹이는 허당이라, 멤버들이 이미지를 사
수해주느라 고생하고 있다.

소노카제 에에라이

"얏호~ 여러분~! 즐거우신가요~
랍니다~! 에에라이 동물원의
소노카제 에에라이랍니다!"

온갖 동물이 모여 있는 거대 테마파크, 에에라이
동물원의 원장을 맡고 있는 엘프. 어째선지 동물들
에게 절대복종 수준의 존경을 받는 모양이다.

Live-ON
라이브온

선택받은 빛나는 소녀들

소식 | 굿즈

가이드라인 | 소속 탤런트 | 회사개요

야마타니 카에루

"산을 넘어, 계곡을 건너, 이윽고 돌아
오는 장소. 야마타니 카에루의 방송0
잘 오셨어요."

마음씨 착한 사람이 무거운 상처를 입었을 때,
디선가 나타나 치유를 선사하고 바람과 함께 사
진다는 의문스러우며 신비적인 여성.

이로도리 마시로

'안녕~ 콘마시로~. 이로도리 마시로,
마시롱입니다."

그림을 그리는 것이 삶의 보람인 일러스트레이터.
조금 독설가지만, 사실은 상당히 성격 좋고 상냥한
소녀.

코코로네 아와유키

"여러분, 안녕하세요? 오늘도 예쁜 담설
이 내리네요. 코코로네 아와유키입니다."

담설(淡雪)이 내리는 날에만 나타나는 미스터리한
미녀. 빨려 들어갈 것 같은 보라색 눈동자의 안쪽
에는 과연 무엇이 숨어 있는 것일까……

마츠리야 히카리

콘피카~! 마츠리의 빛은 인간
하이호이, 마츠리야 히카리입니다!"

국의 온갖 축제에 출몰하는 축제소녀. 각각
른 지역에서 열리는 두 축제에 완전히 같은
이밍에 출몰했다는 설이 있다.

야나가세 챠미

"여러분을 힐링의 극치로 안내해 줄
야나가세 챠미 누나가 왔어요."

본래 아싸였지만 용기를 내서 인싸로 데뷔했더니
대성공. 그러나 내면은 변함이 없어서 겉모습만
인싸인 아싸가 남았다.

COMMENT

| 유두 색이라고!?

| 위험해, 누가 좀 말려!

| 아와유키 쨩! 얼른 와줘~~~!!!

| BAN

| 저는 신사라서 유두 색이 신경 쓰입니다.

| 이 신사를 BAN해라.

이로도리 마시로
Irodori Mashiro

"나 말이야! 아와유키 쨩의 유두 색까지
완벽하게 설정했됬다니깐!"

평소에는 쿨하고 중성적인 여자애지만, 일러스트에 관한
이야기를 하면 점점 텐션이 올라버리는데…….

VTuber인데 방송 끄는 걸 깜빡했더니 전설이 되어있었다

조회수 200만회 · 3개월 전

♥14046   46

이로도리 마시로
구독자 76만명

contents

VTuber인데 방송 끄는 걸 깜빡했더니 전설이 되어있었다 [2]

나나토 나나 지음

시오 카즈노코 일러스트

박경용 옮김

이제 그만 다른 V한테 연락해서
방송 안 꺼진 거 말해주는 게 좋겠는데?

일단 보내는 보겠는데 벌써 심야잖아?
지금 안 자는 라이버 있나……?

어?

엥?

뭔가 들어선 안 되는 발언을
들어버린 것 같은데…….

코코로네 아와유키
Kokorone Awayuki
#담설이_내릴_때

VTuber인데
방송 끄는 걸 깜빡했더니
전설이 되어있었다

지금까지의 줄거리

조회수 99,999회 · 2021.05.20.

 스트제로 클립 ch
구독자 2.5만명

구독중

블랙 기업 전사였던 **타나카 유키**는 과거와 결별하기 위해,

기상천외한 자들이 난리를 피우는 **이 세상의 종말 같은 기업—**

라이브온에 찾아가 결사의 승부에 나섰다. 그리고 돌아왔을 때는

청초계 VTuber 코코로네 아와유키가 되어 있었다.

그러나 주변의 드높은 라이브온 지수에 **압도**되어

좀처럼 인기를 얻지 못하는 나날에 초조해지는 아와유키…….

어느 날, 평소처럼 방송 종료란 이름의 의식을 준비하던 도중

반대로 **은하철도 000**에 타버린 데다 **취한 끝에 오바이트**.

결과적으로 청초는 **청초(VTuber)**가 되고, 아와유키는 **스트제로**가 되더니,

스트제로는 **세계 1위**가 되고, 이 결과에 아와아와하던 아와유키는

기어이 **슈와슈와**할 것을 결심한다.

모든 걸 내려놓은 아와유키는 동기를 노리개로 삼고, 선배에게 **성적인 교섭**을

제안하는 등 수행을 쌓는다. 그 끝에 자신의 숨겨진 **겉과 속**,

아와와 슈와의 공존에 성공하여 라이브온 지수가 **경이적인 53만**을 돌파한다

(이 수치는 도쿄 돔 약 3개 분량과는 동떨어진 숫자이다).

순풍에 돛 단 나날을 보내며, 이윽고 **라이브온의 에이스**로 성장한 아와유키는,

기어이 **처음으로 생긴 후배**에게 **사랑의 고백**을 받고 만다.

『코코로네 아와유키 공— 저를 귀공의 여자로 삼아주지 않겠습니까?』

드디어 처음 생긴 후배인 4기생의 공개 방송일이 되었다. 어떤 애들일까 싶어 기대로 가슴이 부풀어 있던 나는, 현재 첫 타자로 등장한 소우마 아리스에게 사랑의 고백을 받고 있었다.

…………뭐?

『저는 지금까지 남들과 같은 인생을 걸어오면서, 언제나 마음속 어디선가 지루하다고 느꼈습니다. 아이돌 활동도 이 지루함을 메우기 위해서 시작한 것입니다. 하지만 제 마음속 갈증은 생각보다 더 깊었던지, 계속 저를 만족시켜줄 더욱 커다란 것을 원하고 있었습니다.』

아직도 혼란에 빠져 사고가 정리되지 않은 나와, 채팅창을 흘려보며 혼잣말을 시작하는 아리스 쨩.

아…… 응. 아직도 두뇌회로는 한창 길을 헤매고 있지만, 한 가지 깨달은 게 있다.

『그러던 때였습니다! 전설적인 아와유키 공의 방송 종료 실수 사건을 우연히 인터넷 뉴스로 보게 됐습니다! 그 충격은 지금까지 저의 인생을 모두 쌓아 올려도 도저히 닿

을 수 없을 정도였습니다. 가장 가까운 감정으로 표현하자면…… 첫눈에 반했다고 할 수 있을까요.』

애도 머릿속이 상당히 라이브온이잖아!!

: 뭐냐 이건…… 엄청나잖아.

: 너 진심이냐고 ㅋㅋㅋ

: ? ……??(인간의 언어 같지만 이해가 안 됨)

: what?

: 그러니까 뭐가 어떻게 된 거냐고!

: 방송 종료 깜빡하고서 스트제로를 시원하게 빤 다음, 동성 VTuber에게 성희롱 발언을 연발한 뒤 만취해 잠들고, 깬 다음에 토하면서 방송을 종료한 자칭 청초에게 첫눈에 반했다는데.

: 세상에는 아직도 보지 못한 신비가 넘치고 있구나.

: 도저히 의미를 이해할 수 없어서 깨우침을 얻어버렸네 ㅋㅋㅋ

『아무도 가지 않은 길을 당당하게 걷는다. 하지만 그 결과, 깨닫고 보니 수많은 팬이 아와유키 공에게 열중하고 있습니다. 이것이야말로 제 마음이 갈망하고 있던 것이었습니다. 그날부터 저의 의식은 완전히 아와유키 공만을 바라보게 됐습니다. 생방송은 물론, 아카이브도 하염없이 재생하면서 어떤 말을 어느 타이밍에 했는지를 완전히 암기하고, 그것에 참을 수 없을 정도의 쾌감을 느꼈습니다. 물론 슈퍼챗은 상한선까지 보낼 수 있는 만큼 보냈습니다!』

무거워! 이거 뭔가 등골이 오싹거린다고!

분명히! 분명히 날 따라주는 애를 바란다고 말은 했지만…… 이건 뭔가 아니지 않아?!

팬으로 있어주는 건 물론 기쁘지만, 지금까지 개그 캐릭터 취급만 받아왔지 이렇게 맹신적으로 봐주는 일이 없었으니까 완전히 혼란에 빠져서 머리가 오버히트 직전이다…….

: 응, 솔직히 기겁했습니다. 최고구만!

: 이것이야말로 라이브온.

: 오피셜이 무슨 수를 쓰더라도 삐딱하게 나가는 거 진짜 웃긴다.

: 슈와 쨩, 몸서리치고 있겠는걸.

: 4기생의 위험한 녀석…….

: 어째서 얘를 선두에 세운 거냐…….

: 다음 애들도 비슷할 정도로 위험하겠지ㅋㅋㅋ

: ㄹㅇㅋㅋ 설마 아와 쨩 신자라니.

: 재일 일본인입니다만, 그녀가 무슨 말을 하는지 이해가 안 됩니다.

: 그럼 그냥 일본인이잖아ㅋ

: 와오! 그녀는 크레이지한걸! 깜짝 놀랐어. 그녀는 미래에 살고 있군. 한 가지 말할 수 있는 건, 우리는 그녀에게 벌써 푹 빠졌다는 거지.

: 외국인의 반응 흉내는 그만 둬.

: 최애로 삼는다. 결정됐구마.

: 아와유키, 힘내서 아리스 쨩을 이렇게 만든 책임을 져줘야 혀(생긋)

『제 자신에 대해서 너무 길게 논해 정말로 죄송하지만, 그런 경위로 조금이라도 아와유키 공과 가까워지고 싶었던 저는 라이브온의 4기생 모집 공고에 응모하여, 지금 여기에 서게 되었습니다! 동경하는 사람과 같은 무대에 서서 행복 가득에 기분 최고입니다! 그리고, 아직 시간이 남은 모양이니 질문이 있으시다면 답해드리고 싶습니다!』

"하하하……."

이제 뭐가 뭔지 생각하는 것도 지쳤다. 메마른 웃음밖에 안 나와.

너, 넓은 관점으로 보면 따라주는 귀여운 후배니까 괜찮겠지(현실도피).

그럼, 그럼. 넓은 마음을 가지는 게 중요하지! 우주처럼 광대한 마음으로 아리스 쨩을 맞이해줘야지!

: 어떻게 붙었어? 면접에서 무슨 얘기했어?

: 진짜로 궁금해.

: 불길한 예감밖에 안 든다ㅋㅋㅋ

『아, 사실 저는 서류 심사 시점에서 떨어졌습니다!』

뭐? 진짜로?

『하지만 도저히 포기할 수 없었습니다. 여러 번 응모를 하면 안 된다는 내용이 없어서 매번 내용을 바꿔가며 아와유키 공이 얼마나 멋진 사람인지에 대한 논문을 제출했더니, 다섯 번째에 드디어 면접을 보게 됐습니다. 그때 하염없이 아와유키 공에 대한 사랑을 논했더니, 합격했습니다!』

"서류 심사에서 나에 대한 논문을 내는 건 이상하잖아! 매번 떨어진 이유도 분명히 자신을 어필하지 않았기 때문이야!"

『기다리고 기다리던 면접이라 처음에는 평범하게 볼까 생각하기도 했습니다만…… 존경하는 아와유키 공에 대한 경의를 표하고, 아와유키 공처럼 자신을 있는 그대로 드러내는 면접을 했더니 합격했습니다! 역시 아와유키 공은 저의 구세주입니다!』

"그 정도 강철 멘탈은 굉장하다고 생각하지만, 노력의 방향치 느낌도 엄청나!"

자, 잠깐. 냉정해지자, 아와유키. 방금 받아들여준다고 말한 참이잖아. 이런 걸로 평정을 잃으면 안 돼.

아와유키여, 너는 여자애를 엄청 좋아하잖아. 이 상황을 봐! 호박이 넝쿨째 굴러들어온 것처럼 귀여운 여자애가 너를 따라주고 있단 말이다. 최고의 시추에이션이지?

자, 진정하고 보면 아리스는 애정이 깊은 귀여운 애잖아? 그럼그럼.

: 있는 그대로를 너무 드러낸 나머지 바보랑 아와유키의 여왕이 됐는데?

: 이 재앙을 채용한 라이브온은 제정신 아님. 좋다, 더 해라!

: 이것이 아와유키 원리주의자의 말로로군.

: 다른 팬의 존재를 용납할 수 없는 스토커 계열 얀데레인가?

: 아와 쨩, 안에는 아무도 없어요#1 당하나?

『음?! 무슨 말을 하는 겁니까! 아와유키 공의 행복이야말로 저의 행복. 아와유키 공이 아와유키 공답게 활동하는 것이 중요하며, 자신의 생각을 강요하여 아와유키 공의 활동을 방해하는 사람은 팬 실격입니다!』

"거봐! 역시 착한 아이잖아!"

조금 주장이 과장되는 경향이 있지만, 역시 착한 아이 같아. 후우~, 안심이네.

: 아와 쨩한테 한 가지 받을 수 있다면 뭐가 좋아?

『바라는 것입니까……? 절대 이루어질 수 없는 것이라도 괜찮다면, 굳이 따지자면【구개수】입니다.』

"후왓?!"

: 오우ㅋㅋ

: 예상을 너무 벗어났는데?

: 구개수가 뭐야?

#1 안에는 아무도 없어요 TV 애니메이션 『School Days』의 히로인 「카츠라 코토노하」의 대사. 주인공 「이토 마코토」를 향한 사랑이 파국으로 치닫다. 마지막 화에서 또 다른 히로인인 「사이온지 세카이」와 잔혹한 결말을 맞이하고 그녀에게 건넸던 대사이다.

: 목젖인데, 일본에선 목○지라고도 불리지.

: 어어어(급당황)

: 어째서냐고 ㅋㅋㅋ

『그거야…… 목의 일부라지만 ○지는 자○인 겁니다. 그
것을 제 몸에 받아들이면 실질적으로 S○X가 되는 것이
아닐까 생각했기 때문입니다!』

"   "

: 이건 발상의 승리다!

: 패배한 게 아니고?

: ㅋㅋㅋ

: 클립각 떴다!

: 이건 위험하다고……!

〈우츠키 세이〉: 공부가 되는걸~.

〈카미나리 시온〉: 저건 혜성일까? 아, 아니구나. 혜성은
좀 더 화악 하고 움직이니까…….

: 정신붕괴한 마마, 강하게 살아주세요.

: 자기소개에서 숨 쉬듯 남성기를 연달아 외친 끝에 S○X
까지 희망한 여자…….

『아, 벌써 시간이 됐군요! 그러면 이 스트제로 레몬맛으
로 마무리를 하고자 합니다! 그러면 건배! 푸슉! 꿀꺽꿀꺽
꿀꺽! 으으응기이분죽인다아아아아!!』

아비규환의 카오스와 함께, 아리스의 방송이 끝났다.

다만 막이 내려간 것과 별개로, 이후 몇 분간 나는 벌어진 입을 다물지 못했다…….

『얏호~ 여러분~! 즐거우신가요~랍니다~!』

"헉!!"

위, 위험했다. 아까 아리스 쨩의 자기소개로 받은 충격이 너무 큰 나머지 정신줄을 놔버렸어.

크윽, 아리스란 이름을 떠올리는 것만으로 또 의식이 멀어지기 시작한다……!

앞으로는 『이름을 불러선 안 되는 그 사람』[#2]으로 생각해야겠어…… 젠장!

후우, 진정하자. 넋 놓고 있을 때가 아냐. 벌써 두 번째 자기소개가 시작됐잖아!

선배로서 성대하게 맞이해 줘야지!

그러면, 다음은 어떤 애일까?

화면에 비친 모습은…… 응. 한 마디로 표현하면 『크다』인걸.

아니 그 가슴은 도대체 어떻게 된 거야? 대체 얼마나 꿈을 가득 채우면 그렇게 되는 거야?!

#2 이름을 불러선 안 되는 그 사람 영국 작가 J.K. 롤링의 판타지 소설 「해리 포터」 시리즈에 등장하는 최종 보스, 「볼드모트」의 별칭. 사악하고 강력한 마법사이자 두려움의 대상인 그는 작품 속에서 다른 마법사들이 감히 이름을 직접 부를 수 없는 존재로서 여겨졌다.

이런 걸 보여주면, 이쪽도 한 발 빼주는 것이…… 예의라는 거지…….

키는 방금 전의 아리스보다 조금 큰 편이려나? 가슴을 필두로 몸매는 대단히 부드러워 보여서 성욕이 흘러넘치는 것이 느껴진다. 육덕까지는 아니라도, 육감적이란 단어가 어울린다.

얼굴도 파츠가 전체적으로 둥글둥글하고, 어깨까지 내려온 돌돌 말린 부드러운 보라색 머리칼도 어우러져 어딘가 모성이 느껴지는 외모였다.

그러나 대조적으로 유일하게 뾰족하게 솟아 자기주장을 하는 파츠가 있다. 바로 귀다.

아하~. 이건 소위 엘프란 거구나.

민속적인 의상까지 더해서, 그녀의 첫인상은 그야말로 숲의 여왕이었다.

『안녕하세요~. 평소에는 에에라이 동물원 원장으로 일하고 있는 엘프, 소노카제 에에라이입니다~. 저는 모두에게 동물친구들의 매력을 남김없이 알려주고 싶어서, 이번에 VTuber가 됐어요~!』

흐음~ 흐음~. 그렇군. 엘프에다 동물원 원장이란 말이지. 그녀에게서 느껴지는 이 모성도 납득할 수 있을 것 같아.

: 마마 캐릭 왔다~!

: 크다(환희)

: 설마 했던 상식인인가?

: 마침내 시온 마마에게 구원의 손길이!

: 아니, 기다려! 겉모습으로 판단하는 건 성급해. 상대는 그 라이브온이라고?!

확실히 채팅에서 말하는 것처럼 지금까지는 대단히 멀쩡해 보인다.

마침내 상식인에다 귀여운 왕도 포지션 캐릭터의 등장인 건가?!

『그러면~, 남은 시간 동안 잠깐 동물친구들의 잡학이라도 얘기해볼까 해요랍니다~! 먼저 모두가 다 아는【고릴라】랍니다~! 결코 게임 센터의 리듬게임에서 인간의 한계를 초월한 분들이나, 연말에 엉덩이를 얻어맞는 사람[#3]하고는 다르니까 주의하는 거랍니다~!』

"……응?"

어라, 뭔가…… 어라? 그녀의 외모랑 조금 갭이 있는 발언이 나왔는데…….

음~. 지금까지의 흐름을 보니 이 시점에서부터 벌써 마무리가 상상이 되기 시작했어.

: 엉덩이(긴장)

: 어라?

#3 연말에 엉덩이를 얻어맞는 사람 일본의 개그맨 하마다 마사토시가 동료 개그맨과 함께 진행하는 예능 프로그램「절대로 웃어선 안 되는 ○○」시리즈에서 인기를 얻어, 하마다 본인의 얼굴을 딴 고릴라 인형이 발매된 적이 있다.

: 흐름이 바뀌었군.

: 아, 아직이야! 왕도 마마가 엉덩이라고 말하면 안 된다는 법률은 없거든!

: 그렇게 따지면 청초가 스트제로로 HIGH해져선 안 된다는 법률도 없다네.

『다들 고릴라의 겉모습은 물론 알고 있으실 테지만, 자세한 생태에 관해서는 모르는 점도 많을 거라고 생각해요~. 예를 들어서, 고릴라가 자기 가슴을 양손으로 두드리며 소리를 내는 드러밍이란 행위. 이건 손으로 주먹을 쥐고서 하는 게 아니라, 사실은 손바닥으로 두드린다는 거 알고 있었나요인가요~?』

"오호~."

: 진짜로?

: 어디서 들어본 적 있어.

: 흠흠~.

: 리얼? 그 넥타이 고릴라^{#4}는 주먹으로 두드리지 않았나?

: 확실히 그랬지.

『영화나 게임 등에서 주먹으로 두드리는 고릴라가 나오는 작품이 많아 잘못 퍼져버린 거랍니다~. 실제로는 주먹으로 두드리면 고릴라도 아프고 소리도 잘 안 나요. 여러분도 스팽킹 플레이를 할 때 주먹으로 궁둥이를 때리지는

#4 넥타이 고릴라 닌텐도 사의 게임 「동키콩」 시리즈의 주인공. 「동키콩」

않잖아요? 그거랑 같은 거랍니다~.』

 "……."

 아하, 그렇구나~.

 : 순진한 미소를 지으며 절망적인 예시를 드네…….

 : 어째서 그런 플레이를 알고 있는 걸까아…….

 : 평범한 잡학 이야기에 매번 한 마디가 쓸데없이 많다ㅋ
ㅋㅋ

 : 완전히 맛이 간 느낌은 아니지만, 발언 여기저기에 폭탄
이 섞여 있는 느낌.

 : 이거 버릇 될지도…….

『그리고, 고릴라는 외모로 따지면 흉폭한 동물이라고 생
각하기 쉽지만, 사실은 대단히 섬세한 마음을 가졌고 싸움
을 싫어하는 동물친구이기도 하답니다~. 스트레스에 약해
서 자주 배탈이 나기도 해요. 하지만, 가끔 인간을 향해서
변을! 내던지는!! 일도 있으니 주의해야 해요~. 저는 아무
리 그래도 무리지만, 스ㅇ물을 좋아하는 데다 동물에게 성
욕을 느끼는 최상급 변태 친구들은 아주 좋아하겠죠~.』

 라이브온의 인사부는 사람 보는 눈이 뛰어나네~(죽은
생선의 눈).

 : 야야야!

 : 변을 던진다고 말할 때만 엄청 생글생글 웃네ㅋㅋ

 : 왜 그런 성벽이나 플레이를 잘 아는 거냐…….

: 계속 웃는 게 엄청 으스스해서 어둠이 느껴진다.

: 아, 이거 평범하게 머리 이상한 녀석이군.

: 자기소개에서 변을 던지는 동물에 대해 신이 나서 말하기 시작하는 녀석이 있다면서요?

: 하지만 잡학으로서는 도움이 되는 게 절묘한 밸런스.

: 그건 그래.

『아, 벌써 시간이 다 됐어요~! 아쉽지만 이쯤에서 고릴라, 학명 고릴라고릴라고릴라의 소개는 끝이랍니다~. 앞으로는 저의 방송에서 동물친구들을 소개할 거니까 잘 부탁드립니다~!』

: 수고~!

: 방송 어떨지 궁금하다.

: ㄹㅇㅋㅋ 상식인 캐릭은 아니었어.

: 이건 4차원 캐릭터 포지션 아냐?

: 듣고 보니 그렇네.

: 자기소개보다 고릴라 소개 시간이 더 긴 거 실화냐ㅋㅋ

: 어쩐지 더 위험한 알맹이가 숨어 있을 것 같은데.

"뭐라고 해야 하지? 라이브온이 괴짜 동물원이 되어가는 것 같네."

좋아. 드디어 다음으로 마지막 세 명째다.

이야~ 이쯤 되니까 말이야. 뭐라고 할까.

포기했다!!

역시 라이브온은 굉장하구만! 신인인데 괴짜들밖에 없어!

새하얗고 순진하고 귀엽고 날 따라주는 후배 같은 게 올리가 없었어!

다 알아. 어차피 세 명째도 위험한 녀석이겠지!

이제 괜찮다. 처음부터 알고 있으면 혼란은 없어.

하다못해, 하다못해 선배로서 마지막 애가 어떤 성벽이나 폭탄을 품고 있든 따스하게 맞이해주도록 해야지.

응. 나중에 시온 선배한테 위장약을 추천해줘야지. 귀찮은 애가 세 명이나 한꺼번에 늘었으니까. 나무아미타불.

오, 드디어 세 명째가 왔다!

아바타는…… 호오, 상당히 어른스럽다. 라이브온에서 가장 연상으로 보인다고 해도 과언이 아닐 지도 모른다.

하늘색 머리칼이 원랭스 컷으로 정돈됐고, 생김새도 샤프하며 예쁘다.

세이 님의 생김새랑 비슷하지만, 조금 마일드한 느낌.

키도 아마 아와유키의 아바타랑 비슷한 정도일까?

흐음~. 이건 요염한 누나란 느낌이군요!

흰색과 파란색을 베이스로, 청량감과 섹시함이 양립되는 옷도 매우 좋다.

하지만 나는 이제 속지 않아! 어차피 입을 열면 확 깨겠지!

……그런데 괜찮을까? 이 애, 아바타가 표시된 뒤부터 상당히 시간이 지났는데 아직도 말이 없는데요.

혹시 장비 트러블 같은 건가?

『아, 저기…… 처음 뵙겠습니다……. 야마타니 카에루입니다.』

아, 괜찮은 모양이네!

하지만 엄청 긴장하고 있는 것 같은데? 목소리가 떨리는 게 조금 걱정된다.

『저기, 처음에 여러분께 말씀드려야만 하는 게 있습니다.』

"오?"

뭐지? 지금까지 본 적 없는 첫인사 패턴이야.

그래도 멀쩡한 말을 안 할 거라는 것 하나는 알 수 있어!

『카에루는 겉보기에는 어른이지만 마음은 아기입니다.』

"어, 엥?"

『그러니까 어리광을 받아 주세요. 옹알옹알하게 해주세요. 응애응애 하게 해주세요. 이것이 카에루가 VTuber가 된 이유입니다.』

"어어, 음……."

이건…… 또 굉장한 말이 튀어나왔다…….

: ㅋㅋㅋ

: 으~음, 순수한 공포다.

: 라이브온 그 자체.

: 이건 그거야. 아마 카에루는 브레이크가 망가진 게 아니라 처음부터 없어.

: 적어도 이 시점에서 알게 된 것── 4기생 청초 포지션 0

『그러니까 모두 카에루의 마마가 되어 주세요. 철저하게 어리광을 받아주고 죽을 때까지 평생 유아 플레이를 해주세요. 왜냐하면 카에루는 아기니까요.』

: 얜 또 뭐야 ㅋㅋㅋ

: 아기니까요(단언)

: 그렇구나. 오케이.

: 납득하지 마 ㅋㅋㅋ

: 참고로 몇 살?

『분명히 카에루는 몸은 어른이지만 정신연령은 아기란 자신이 있어요. 그 증거로 어제는 집에 틀어박혀서 계속 프린세스 컬렉트를 했습니다.』

"안되겠다. 머리가 이상해질 것 같아."

위험하네. 얘는 무조건 위험해. 알 수 없는 현대의 어둠이 느껴진다.

: ㅋㅋㅋ

: 혹시 명탐정이신가요?

: 명탐정이랑 정반대잖아.

: 왜 그렇게 자신만만하게 말할 수 있는 거냐ㅋㅋ

: 이거 진심으로 대책 없는 거 아냐?

: 허어? 아기라고 할 거면 더 전력을 내봐라! 응애애애애!!

: 맞다맞다! 아기한테 실례라고 생각하지 않냐! 옹알옹알!!

: 찐 응애단이 왔네.

: 그 구제불능 단체는 대체 뭐냐…….

『걱정하실 것 없어요. 옷 안에 기저귀도 찼습니다. 쪽쪽
이 물고 있는 아바타도 있습니다. 아기니까 당연하죠.』

그만둬! 그 아바타에 쪽쪽이는 평범하게 민망하다고!

얘는 정말로 왜 이렇게 시종일관 자신만만한 거지?! 너,
정신상태 이상해…….

『……이런 이유로, 카에루가 아기라는 것을 이해하셨으
리라 생각합니다. 카에루가 응애응애옹알옹알하게 해줄
사람을 다수 모집하고 있습니다. 희망하시는 리스너 마마
들은 카에루의 방송에 와주세요.』

: 그, 그래…….

: 마지막의 마지막까지 초코가 듬뿍 담긴 신인 소개였구만!

: 초코(어둠이라는 뜻)

: 아기라고 할 거면 당당하게 응애응애 해주세요.

『좋아요. 어흠. 아우~ 아우──우우우, 응애애애애애응
애애애애애!!』

"응. 너는 라이브온보다 먼저 병원에 가야 해!"

: ㅋㅋㅋㅋ

: 어이가 없네ㅋㅋ

: 박력 장난 아닌데?

: 창피함이란 감정을 잃은 여자…….

: 평범하게 일 해주세요…….

: 엄마 왔어~! 이력서 사왔단다!

『히이이이이이이이이익!! 부탁입니다! 취직은, 취직은 제발 봐주세요! 뭐든지 할 테니까요오오오오!!』

"무, 무슨 일이야?! 거의 나만큼 취직에 거부반응을 보이잖아!"

뭔가 허둥거리는 소리와 함께 멀어지는 음성.

결국, 그 뒤로 카에루 쨩은 돌아오지 않았다. 때마침 자기소개 시간도 끝나, 이걸로 4기생의 소개 방송이 종료되었다.

대체 그녀의 사회인 생활에 무슨 일이 있었던 걸까…….

마지막으로 4기생에 대한 전체적인 감상은…… 그렇네. 중화요리 만한전석[5]을 먹은 다음에 프렌치 풀코스를 먹고 마무리로 특상 초밥 세트까지 먹은 느낌이야!

──말은 이렇게 하지만, 결국 앞날이 기대되는 자신도 있단 말이지…….

#5 만한전석　과거 중국 청나라 시대에 만주족과 한족의 화합을 도모하기 위해 3~4일씩 이어진 대규모 연회라고 전해진다. 오늘날은 중국 코스 요리의 집대성이라는 의미로 쓰인다.

제1장

마시롱과 느긋한(당사 비교) 콜라보

4기생이 들어와서 더욱이 파죽지세로 달아오르게 된 라이브온. 그토록 특색이 짙은 멤버들이니 더욱 기대감이 높은 거겠지.

3기생 데뷔 직후와 비교하더라도 4기생에 대한 화제가 퍼지는 속도는 명백하게 빨랐다. 이건 3기생에게 매력이 없었던 것이 아니라, 3기생 데뷔 이후부터 오늘에 걸쳐 라이브온의 지명도가 나날이 높아진 결과라고 나는 생각한다. 우리들의 노력이 조직의 성장으로 이어지고, 그리고 후배의 순조로운 스타트에 다리를 놔 준 거지.

그리고 맞이한 오늘의 방송 시간, 내가 고른 콜라보 상대는—

"데굴데굴데굴데굴쿠와~앙#6(푸슉)!! 안녕하세요~ 슈와쨩이드아~! 그리고 오늘의 맛이 간 멤버를 소개하지!"

"네. 어린 시절의 추억이 오염되어 표정 근육이 죽어버린 이로도리 마시로, 마시롱입니다. 그리고 저는 라이브온

#6 데굴데굴데굴데굴쿠와~앙 어린이용 아침 방송인 「이나이이나이바아」의 주제곡 「데굴데굴콰~앙」의 패러디.

안에서는 비교적 맛이 가지 않은 편일 거예요."

"겸손 떨지 마!"

"(떨지)않았어요."

―여전히 마시롱을 골랐다.

그게 말이지, 이제부터 보스전의 연속일 거라는 게 눈에 빤히 보이잖아? 세이브 포인트 겸 휴식 포인트로 사랑스러운 마시롱한테서 양분을 받아야 한다고 생각했습니다.

예상대로지만, 이제 막 데뷔한 4기생의 콜라보 의뢰는 아직 오지 않았다.

뜻밖인 건 그 아이돌 소녀로부터의 의뢰도 아직이라는 거다. 데뷔했으니 맨 먼저 연락이 오지 않을까 싶어서 내심 쫄고 있었는데, 기우로 그치고 있어서 오히려 으스스할 정도야……

알 수 없는 건 신경 써도 어쩔 수가 없으니까, 오늘도 스트제로 빨고서 아침의 어린이 교육 방송 언니처럼 활기차게 갑니다~! 스트제로 언니는 아직 현역이다!

"오늘은 마시롱이랑 카스텔라 답변을 한 뒤에, 정신 나간 기획을 준비했으니까 잘 부탁해!"

"슈와 쨩, 정신 나갔다는 걸 칭찬이라고 생각하는 거지?"

"우리들 업계에서는 상식입니다." 라이브온

"일리가 있네."

: 마시롱 있네!

: 슈와슈와마시마시!

: ㅋㅋㅋ

: 왕왕[7]은 건강하려나…….

: 지금도 현역이라구.

: 오? 이 방송을 보고 있다면 적어도 어린이는 아닌데, 어째서 현역이라는 걸 알고 있는 걸까?

: 익은 강정이야(이건 함정이야)![8]

: 어린이가 슈와 쨩을 보는 게 뭐가 어때서! 나는 어린이라고!

: 요즘 어린애들은 굉장하구나. 눈으로 보는 스트제로를 빨다니.

: 뭐, 요 앞에 응애도 라이브온 데뷔했으니 이것도 영재교육이지.

: 그건 응애보다는 응애 씨라고 불러야지.

: 응애 씨보단 으엑 씨라고 하자.

: 위험인물 취급이냐고ㅋㅋ

: 혹시 이 방송 보고 있지 않을까?

: 본인이 있으면 반응할 법한 화제는 있었지만, 딱히 없었으니까 없겠지.

: 뭐, 그렇겠지.

#7 왕왕 「데굴데굴콰~앙」을 MC와 함께 부르는 개 마스코트 인형탈 캐릭터.
#8 익은 강정이야(이건 함정이야)! 만화 「데스노트」의 주인공. 「야가미 라이토」의 대사. 애니메이션 「데스노트」는 일본판부터 몬더그린으로 많은 인기를 끌었는데, 한글 더빙판에서도 그 인기를 유지하여 한국 인터넷에서 쓰이는 대사.

"그러면, 전압을 높이고 카스텔라 답변 간드아~!"

"드아~."

@다른 사람이 이미 말했을지도 모르지만, 카탓타에서 본 마시는 법을 따라 했더니 장난 아니길래 보고합니다.

1: 에너지 드링크 레드풀과 스트제로를 산다.

2: 스트제로를 레드풀로 회석한다.

3: 마신다.

4: 맛있다!@

"사실 이번 방송을 위해서, 시험 삼아 어제 실제로 만들어서 빨아봤어요!"

"오, 좋은걸. 감상은 어땠어?"

"마제스틱 바이올런스."

"지금 처음 들은 단어지만, 위험하다는 건 기겁할 정도로 전해졌어. 스트제로 바리스타 슈와 쨩이 하는 말이니까 더더욱."

"이야~! 정말로 섞으면 위험합니다~였어. 스트제로의 0이 레드풀 탓에 마이너스로 한 발 걸친 느낌. 맛은 나쁘지 않았지만, 이 마의 제조법은 인체가 견딜 수 있는 게 아니야. 다들 몸을 챙긴다면 흉내 내지 마."

"그렇구나. 술 잘 못 마시는 나하고는 인연이 없겠어. 사실 스트제로도 마셔본 적이 없단 말이지."

"마시롱의 원샷빨기를 보고 싶어라~ ♪"

"슈와 쨩, 모든 사람이 스트제로를 마시면 개그맨이 되는 게 아니거든?"

@솔직히 아리스 쨩에 대해 어떻게 생각하나요? 저는 얼른 둘이 맺어졌으면 좋겠습니다.@

"아아, 그 슈와 쨩 맹신자구나. 첫 공개부터 초고속 스타트를 끊었던 아이."

"걔는 마제스틱 바이올런스."

"후배를 방금 전의 마의 제조법이랑 동급으로 취급하지 말아줄래?"

"그치만, 동정의 위기를 느꼈는걸. 슈와 쨩 무서운 거 시~러!"

"아마 나도 포함해서 대부분의 라이브온 라이버는 슈와 쨩한테 같은 생각을 한 적이 있을 거야. 아, 그러고 보니 어쩐지 걔가 나를 라이벌로 보는 것 같거든."

"잉? 그래?"

"방송에서 연적이라는 걸 들었어."

"아리스 쨩한테 질투가 난 마시롱이 나한테 강하게 다가오는 시추에이션 희망합니다."

"……라는 내용의 성인 만화인가요?"

"그런 말이 반사적으로 튀어나오는 마시롱도 대단하네."

@요전에 발주 실수를 해서 스트롱 제로 100캔이 아니라 100상자가 도착했습니다.

반품 안 되는 거니까 도와주세요. 뭐든지 할게요.

슈와 쨩이라면 100상자 정도는 가뿐하잖아요……?@

@이미 나온 적 있다면 죄송합니다.

일단, 스트제로를 따서 욕조에 붓습니다. 다음으로 라이버를 스트제로 욕탕에 담급니다.

그렇게 스트제로 ○○ 풍미가 완성됩니다만, 슈와 쨩은 어느 라이버의 풍미가 제일이라고 생각하나요?

그리고 아와유키 씨와 슈와 쨩은 다른 사람이라고 본인이 말을 하셨으니, 아와유키 씨한테도 물어봐 주세요.

개인적으로는 아와유키 씨를 담그고, 슈와 쨩이 되기 전에 꺼내길 열 번 이상 반복하여 마침내 화를 내는 옆에서 스트제로 아와유키 풍미를 즐기고 싶습니다만@

"네, 100상자 형씨에 대한 모범답안을 제공해준 카스텔라가 우연히 있길래, 함께 소개를 했습니드아!"

"왜 카스텔라를 보낸 사람이 스트제로 욕탕 이야기가 이미 나왔을 거라고 생각했는지가 제일 의문이네."

"나, 터무니 없는 생각을 해냈을지도 몰라……. 내 몸에서 스트제로 육수가 나온다면, 사우나에 들어가서 스트제로의 땀을 모은다 → 그걸 마신다 → 사우나에 들어간다……. 이걸 반복하면 무한하게 스트제로를 마시는 영구기관의 완성이 아닐까?"

"굉장한 발상이네. 에디슨도 깜짝 놀라겠어. 너무 바보라서.”

“참고로 마시고 싶은 라이버는 마시롱입니다. 사실은 상냥하고 매끄러운 맛♪”

“///……윽! 다음!”

: ㅋㅋㅋ

: 스트욕탕 제안한 형씨, 잘 보면 완전 귀축 S잖아ㅋㅋ

: 응? 지금 뭐든지 한다고 했지?

: 찐으로 쑥스러워하는 마시롱이다! 아싸～

: 역시 이 두 사람이 최고지.

@슈와 쨩은 전에 애니카 방송을 했습니다만, 라이버들과 해보고 싶은 다른 게임이 있나요? 대전이나 협력 플레이, 혹은 하레루 선배랑 가챠 방송이라거나……@

“음～, 게임이라……. 앗, 요즘에 호러 장르가 신경 쓰여!”

“오, 슈와 쨩치고는 의외네. 웬일이야?”

“어쩐지 가능할 것 같아!”

“그러니까 아무 생각이 없는 거구나. 나중에 후회하는 모습이 눈에 선해.”

@하얏!(피켈 내던지는 소리)

(컴플라이언스) 모두…… 추월해 주겠어!

트○이얼! 빰! 빰! 빰! 빠～암! 부우우～웅!

“보여주지. 스트라이얼의 힘을!”[#9]

(나) “그만둬! 사실은 아직 알코올 도수 10%를 넘지 못했어!”

(일반통과 일반인) "아니, 저 녀석이라면 할 수 있어."

삐삐삐삐……(스톱워치를 위로 던진다)

하아아아아! (연속 피켈 휘두르기)

삑!(스톱워치를 캐치해서 멈춘다)

"9.8%…… 이제부터 네가 절망하게 될 알코올 도수다."

(항아리 할멈) "우오아아아!" (폭발)@

"뜨거운 전개에 눈물이 멈추지 않아!"

"아예 질문조차 아니지만, 늘 있는 일이네. 카스텔라란 이름의 카피 프레이즈 소개야. 그리고 이건 대체 뭐랑 싸우는 거야? 이거 애당초 전개조차 이어지질 않고 있잖아. 그리고 일반통과하는 건 일반인 말고 없으니까 두 번이나 일반이라고 말 안 해도 돼."

@데~엥! 해저드 온!^{#10}

츄~하이! 레몬!

슈퍼 베스트 매치!

쾅콰과~쾅! 쾅콰과~쾅!

철커억~쾅! 철커억~쾅!

스트제로 꿀꺽! 응기이분죽여!

스트제로 꿀꺽! 응기이분죽여!

#9 보여주지, 스트라이얼의 힘을! ~ 특촬 드라마 「가면라이더 W」의 등장인물, 가면라이더 액셀의 강화 형태인 「액셀 트라이얼」의 첫 등장 장면을 패러디. 음속조차 넘어설 수 있는 가속 능력을 자랑하지만 10초의 시간 제약이 있는데, 이때 9.8초 만에 적을 쓰러뜨렸다.

#10 데~엥! 해저드 온! ~ 특촬 드라마 「가면라이더 빌드」에서 등장하는 라이더 변신 효과음. 본작에선 등장인물이 「풀 보틀」이라는 아이템 두 개를 조합해 「해저드 트리거」를 통해 변신하는데, 그때의 효과음 문구를 패러디.

Are you ready?

33-4(뎅~)#11

언컨트롤 스위치! 스트제로 해저드!

위험해~이!@

"정말로 다들 가○라이더 좋아하네! 다음 시리즈는 스트제로로 변신하면 어떻습가? 주연 의뢰 부탁한다!"

"나는 본래 소재가 뭔지도 모르겠어."

"마시롱은 프○큐어파#12니까!"

"시끄러워. 뭐 어때서."

: (머리가) 위험해~이!

: 와 이라노! 스트제로는 상관없다 아이가!

: 휴대폰이나 카드로도 변신했었으니 스트제로라도 문제는 없지. 폼은 스트제로 맛에 따라 변화한다.

: 아침에 일어나서 TV를 켰더니 섹드립을 연발하는 주정뱅이 찐 백합녀가 나온다니, 눈이 번쩍 뜨여서 최고잖아.

: 상냥한 세계다.

: 시그니처 대사는 『나랑 S○X하자! 목숨을 구해줬으니까!』겠군!

#11 33-4 일본 프로 야구의 2005년 일본시리즈 결승전에서 유래한 밈. 당시 압도적인 우승 후보로 손꼽히던 한신 타이거즈는 4번의 경기 스코어 합 33 대 4로 치바 롯데 마린즈에게 대패하였고, 그 경이로운 점수 차로부터 33-4는 패배, 사망 장면에서 자주 쓰이게 된다. 또, 「와 이라노! 한신은 상관없다 아이가」라는 사투리 문구도 함께 쓰인다.

#12 프○큐어파 2007년부터 2011년까지 일본에서는 일요일 아침 7시부터 9시까지 어린이용 애니메이션, 특촬물, 프리큐어 시리즈가 연달아 편성되어 일명 『일요 아침 키즈 타임』으로 불렸다. 오늘날도 일요일 아침 시간은 해당 장르의 방송이 주로 편성된다.

: 적들보다 훨씬 인생 말종인데?ㅋㅋ

: 그 밖에도 『S○X 왔구나~!』, 『자, S○X 타임이다!』, 『할머니랑 하고 왔다』, 『지나가는 변태 라이더다, 기억해둬라!』, 『인생(목숨)을 불태운다』, 『자, 실험(의미심장)을 시작해보자』, 『어쩐지 가능할 것 같아』를 후보로 넣자.

: 데○풀이 귀엽게 보일 정도의 다크 히어로잖아.

: 의외로 소녀 취향인 마시롱, 죠아!

: 로리롱이 프○큐어에 열중하는 모습을 상상해 보렴? 쥑인다.

"으랏차! 카스텔라는 이 정도로 하고, 이제 준비한 기획을 시작해볼까요?"

"오케이~. 오늘은 뭐할 거야?"

"있지, 마시롱. 우리들 라이버에겐 고맙게도 매일같이 일러스트를 그려주는 분들이 있잖아?"

"그렇네. 나도 일러스트레이터니까, 잘 알지."

"그러면 나날이 그려지는 19금 일러스트의 존재도, 마시롱은 물론 알고 있지?"

"그거야, 뭐…… 응."

"하지만 방송에서는 평범한 일러스트는 소개하면서 19금 일러스트를 소개하는 라이버는 전혀 없잖아! 나는 그게 슬퍼! 언더그라운드가 아니라 양지에서 태어난 내 모습 그대로를 보여주고 싶어!"

"새로운 수법의 노출 성벽인거야?"

"그래서 이번 기획! 제가 일러스트 투고 사이트, 픽시에서 엄선해 온 19금 일러스트를 소개합니다!"

"슈와 쨩, 세상에는 BAN이라는 게 있거든. 자살지망 VTuber는 어둠이 너무 깊어서 유행하진 않을 것 같아. 뭔가 괴로운 일이 있으면 이야기 들어줄게?"

"딱히 스스로 BAN 당하러 가는 게 아냐! 병에 걸려 자포자기한 것도 아니고! 위험한 부분은 분명하게 모자이크 해뒀어! 하지만 나중에 음담에는 어울려 주세요. 으헤헤헤~."

"오늘 방송은 피곤해지겠네."

"이제 19금 일러스트가 없으면 살아갈 수 없을 정도로 심취한 내가 고른 거니까, 기대해!"

"여성의 성욕은 30~35세가 피크라고 하던데. 슈와 쨩은 이게 앞으로 2년이나 이어지는 거구나……."

"나 33세 아니야! 당연한 것처럼 거짓말 하지 마!"

"그건 그거대로 무섭단 말이지. 대체 슈와 쨩의 장래는 어떻게 되려나."

"성욕이란 다시 말해 죄악. 훗……. 나는 카르마를 짊어지고 살아가는 거야(당당)."

"그렇구나……."

"부정해주지 않을래? 긍정해버리면 나, 여러 의미로 불쌍한 사람이잖아?"

: 으으으음(당황)

: 스스로 자기소개하는 거냐……(당황)

: 이야기의 흐름이 완전히 만담ㅋㅋ

: 자유자재로 변환하는 만담의 공수전환!

〈우츠키 세이〉: 나도 아와유키 군과 공수전환 하고 싶군.

: 세이 님?!

: 보고 있었냐고ㅋㅋㅋㅋ

: 세이 님, 일단 물어보는 건데 그건 만담의 의미인 거지……?

: 힌트, 얇은 책.

: ㅋㅋㅋ

"아, 세이 님이네! 안녀세요!"

"선배 앞에서 에로 일러스트를 보다니, 완전 라이브온이네."

"그럼, 서론은 이 정도로 하고! 처음엔 그럭저럭 건전한 것부터 간드아! 일단 처음은 이거다!"

방송 화면에 한가득 비친 것은 어째선가 볼이 발그레한 얼굴의 나를 향해서, 힘차게 흔들어댄 스트제로를 따서 뿌리고 있는 일러스트다.

아직 아슬아슬하게 모자이크를 안 해도 세이프지!

"아~ 치고 뽑고 티슈 홀드."

"슈와 짱? 그거 평범하게 의미가 성립되니까 아웃이야. 그리고 자연스럽게 자신의 창피한 모습을 보면서 치지마."

: 야햇!

: 뽑고 티슈 홀드는 위험하지ㅋㅋㅋ

: 치고서 뽑고 티슈를 뽑는 황금 무빙.

: 애당초 우린 대체 뭘 보고 있는 거냐…….

: 자신조차 성욕의 대상으로 삼는 찐 상급자.

"프로 일러스트레이터인 마시롱이 보기에, 이 일러스트는 어때?"

"표정이 좋네. 부끄러워하면서도 기대와 호기심에 가슴이 설레는 느낌을 알 수 있어서 멋져. 어째서 스트제로인지는 둘째치고."

"스트제로니까 좋은 거야. 다음에 같이 뿌려대면서 파티하자."

"아, 나는 아직 인간으로 있고 싶으니까 사양할게요."

"마시롱은 나를 뭘로 보고 있는 걸까……? 그건 뭐 됐어. 다음 일러스트 가보자~!"

자, 이번에 등장하는 건 개인적으로 마음에 드는 녀석!

언뜻 평범한 전라의 나로 보이는 일러스트. 그러나 다리 사이에 터무니없는 것이 불끈 솟아 있었다―.

봐라, 이 은색으로 빛나는 엑스칼리버를!

"슈와 쨩, 이건…… 설마…….."

"그래! 이 얼마나 알흠다운…… 내 사타구니에 스트제로 롱캔이 자라났다는 발상, 센스가 좋아!"

"있잖아, 왜 그렇게 자랑스러워해? 거세시켜줄까?"

"그건 에둘러서 나랑 SOX해서 그 우뚝 솟은 캔을 비워주고 싶다고 말하는 거라고 해석해도 괜찮겠소?"

"괜찮지 않소, 입니다."

"자, 프로 일러스트레이터인 마시롱이 보기에 이 일러스트는 어때?"

"대체 이 일러스트를 어떻게 리뷰하라고? 그림은 뭐, 엄청 잘 그렸네. 응, 잘 그린 탓에 더 초현실적이야."

"개인적으로는 롱캔인 게 좋아. 뭘 좀 아는 분이야."

"뭘 안다는 건지 나는 잘 모르겠지만, 세상에는 모르는 게 더 좋은 것도 있다는 건 알고 있어."

"철학 이야기야?"

"이 일러스트가 철학 그 자체지. 혹시 수천 년 뒤의 사람들이 이 일러스트를 어디선가 발굴하면 아마 머리를 싸맬 거야."

: 아ㅋㅋ

: 비워준다는 말까지 스트제로에 대입하지 마 ㅋㅋㅋ

: 이 그림으로 친 사람 0명 설.

: 이의 있음! 아리스라면 가능할 거야!

: 부정 못 하겠군…….

: ㅋㅋㅋ

: 미래인들 「어? 어……아?」

: 상상하니까 꿀잼! 안 먹고는 못 배기겠어!

: 그걸 먹고 있을 때냐―!^{#13}

"그러면 다음 일러스트 가보자! 다음은 이거다!"

"……있지, 슈와 쨩. 이건……."

이번 그림은 실오라기 한 점 안 걸친 나와 마시롱이 사이좋게 어른의 레슬링 놀이를 하는 일러스트다.

"오호―― (´ ω `) 이건 노벨에로스상의 수상이 틀림없는 대걸작입니다요!"

"노벨 씨한테 사과하세요. 현재진행형으로 콜라보 중인 동기와 거사를 치르는 그림을 보고 난 대체 어떤 반응을 보이면 돼? 이런 참신하고 직선적인 성희롱, 좀처럼 없거든?"

"참고로 말하는 건데, 이거 원본에서는 내 성욕의 키블레이드가 마시롱의 열쇠 구멍에 철커덕하고 있어."

"방금 본 일러스트도 그랬지만…… 슈와 쨩, 자신의 몸에 뭔가 돋아 있는 거에 위화감을 가질 수 없어? 너, 일단은 여자애잖아?"

"이야~, 너무너무 돋다 보니까 익숙해졌단 말이지. 아마 라이버들 중에서 가장 많이 돋아나지 않았을까? 어째서지?"

"자기 마음에 물어봐."

: 에에엑!

: 냉정하게 대응하는 마시롱도 보통이 아니네.

#13 꿀잼! 안 먹고는 못 배기겠어! / 그걸 먹고 있을 때냐―! 만화 「죠죠의 기묘한 모험」의 등장인물들의 대사. 앞은 제1부 「디오 브란도」의 대사인 「술! 안 마시곤 못 배기겠어!」, 뒤는 제2부 「루돌프 폰 슈트로하임」의 대사인 「그걸 마시고 있을 때냐―!」의 패러디.

: 마시롱도 그림을 그리기 시작하면 사고가 성욕으로 달려가는 사람이니까…….

〈소우마 아리스〉: ¥50,000

: ?!?!

: 어, 본인?!

: 한도 슈퍼챗이냐ㅋㅋㅋ

: 아리스, 역시 보고 있었구나!

: 전원 개그맨이었다.

"아, 아리스? 처음 뵙겠습니다. 슈퍼챗은 정말로 고맙지만, 자신을 소중히 여겨야 해요?"

"사랑받고 있네요."

쪼, 쫄았다! 너무 뜬금없어서 두 번이나 봤잖아. 첫 대화가 무언의 한도금액 슈퍼챗이라니, 앤 뭔 생각이야?! 평범하게 무서워!

드디어 와 버렸다고 해야 하나? 이제부터는 밤길을 조심하라는 무언의 신호인가? 거기다 슈퍼챗 이후로 채팅창에 나타날 낌새도 없고, 진짜 모르겠어…….

이건 조만간에 무슨 일이 일어날지도 모른다……. 일단 지금은 의식을 방송에 집중하자.

"이, 일러스트로 돌아와서, 그림에 관해서 마시롱은 어떻게 생각해?"

"상당히 잘 그렸어. 사람의 골격에 제대로 부품이 놓인

게 위화감이 없어. 그리고 야해."

"그렇지? 처음 봤을 때 감탄했다구. 으히히, 마시롱은 이거보다 잘 그릴 수 있을까~?"

"오? 너의 그 아름다운 모습을 디자인한 내 실력을 얕보면 안 되지. 뭣하면 다음에 슈와 쨩한테만 눈앞에서 실천해줄까?"

"역시 대단한 자신감과 프라이드, 멋진걸—. 과연 마시롱은 나를 만족시킬 수 있을까?"

"기대하고 있어. 내가 전력을 다해서 슈와 쨩을 나 말고는 만족할 수 없는 몸으로 만들어줄게."

"우리 마마의 화력(畵力)은 세계제이이이이이——일!!"

: 이거, 평범한 이야기처럼 들리는데 엄청 글러먹은 대화를 들은 기분이야.

: 대화 내용을 그림이 아닌 뭔가로 바꾸면 행복해질 수 있느니라.

: 마시롱, 혼신의 무자각 유혹이 작렬!

: 망상이 날뛴다!

: 실제로도 마시롱의 그림은 진심으로 예술이지.

그 뒤에도 템포 좋게, 농담 반 진담 반의 분량으로 일러스트를 소개했다.

처음에는 이번 방송이 피곤할 것 같다고 했던 마시롱이었지만, 결국 일러스트레이터의 피가 끓어올랐는지 시간이 지나면서 생생한 모습으로 바뀌었다.

"이 일러스트, 뭔가 특수성이 있어서 좋아."

"아아, 왜인지 얼굴을 붉히면서 카운트다운하고 있는 일러스트네. 마시롱은 역시 눈이 높아요. 이 일러스트는 야한 사람만 알 수 있으니까요."

"슈와 쨩, 잠깐 직접 해볼래?"

"OK, 셋…… 두울…… 하나…… 스트……ㅇ……제로……."

"완전 엉망이잖아."

: 야ㅋㅋㅋ

: 위험하다고 생각했지만, 스트제로를 억누를 순 없었다.

: 위험하단 생각조차 안 했어.

: 그것보다도 일러스트의 센스를 보라고.

: 대체 무슨 카운트다운[#14]일까요?

"이제 슬슬 마지막 일러스트 가자! 이 그림도 좋다니까."

"어, 슈와 쨩. 잠깐 이건 위험하지 않을까?"

"에엑? 모자이크를 다 했는데?"

"분명히 중요한 부분은 가렸고, 규약도 지키고 있지만 살색 면적이 좀 애매하지 않을까 해서……. 나는 이 정도라면 괜찮다고 생각하지만 말이야? 근데 요즘 기준을 잘 모르겠거든."

#14 카운트다운 성인용 ASMR 음성에서 자주 사용되는 문구. 특정 타이밍에 맞추어, 나레이션이 「3……2……1……제로」로 카운트다운을 세어준다.

어? 나 이래봬도 아직 BAN 경험이 없으니까 엄청 당황스러운데?!

"지, 진짜? 위험해. 어떡하지, 어떡하지? 가려야 해! 그게, 저기, 나, 나로 가려야지!"

"엇."

황급히 내 아바타를 거대화시켜 일러스트를 뒤덮어 가렸다.

"후, 후우~. 이걸로 안심이야."

"아니, 안심이 아니고. 자기 몸을 모자이크 대용으로 쓰지 마."

"반사적으로 생각난 게 이것밖에 없어서……."

"일단 방송은 무사한 것 같아서 다행이야."

"기껏 마시롱이 만들어준 몸을 이상하게 써 버려서 정말로 죄송합니다……."

"에이, 됐어. 갑작스러운 일이라 머리가 잘 안 돌아간 거니까."

"다음에는 마시롱도 대만족할 올바른 방법으로 몸을 쓸게! 이거 봐! 위아래로 움직여서 피스톤 운동!"

"와아~ 굉장하다아."

: 아ㅋㅋ 거대 슈와 쨩ㅋㅋ

: 나로 가려야지(수호신)

: 나이스 가드.

: 정말로 재밌는 여자구만~.

: 마시롱, 마침내 태클을 포기하다.

"뭐, 내가 계속 방송에 있어주고 싶어도 그럴 수 없으니까. 앞으로는 조심해야 해?"

"응, 명심할게. 규약을 지키면 세이프라고 생각해서 방심했네……. 그럼, 방금 게 마지막이니까 이제 마무리를 할까요!"

"네~에."

"시청해주셔서 감사합니다! 또 봐~! 마시롱도 수고했어!"

"고맙습니다. 수고했어~."

방송 화면을 닫고, 마시롱에게 콜라보 감사 메시지를 채팅으로 보냈다.

"오?"

채팅을 보낸 다음 창을 닫으려고 하는데, 갑자기 매니저인 스즈키 씨로부터 통화 콜이 울렸다.

"네, 여보세요?"

"아, 안녕하세요. 스즈키입니다. 막 방송 종료된 걸 확인하고 전화를 걸었는데요, 지금 시간 괜찮을까요?"

"안녕하세요! 완전 괜찮아요. 무슨 일인가요?"

"저기~ 말이죠. 유키 씨한테 콜라보 의뢰가 왔다고 할까요, 전부터 와 있었다고 해야 할지……."

언제나 똑 부러지고 말을 고르지 않는 스즈키 씨치고는 보기 드문, 본론을 말하는 걸 머뭇거리는 모습이다.

대체 무슨 일이지?

"⋯⋯말을 흐려도 어쩔 수가 없네요. 단도직입적으로 말할게요. 소우마 아리스 씨가 콜라보 의뢰를 해왔습니다."

"아아⋯⋯."

"데뷔 전부터요."

"⋯⋯데뷔 전부터?!"

역시 완전히 나를 노리고 있잖아! 소개팅 참석은 정했지만 당일이 되기 전에 호텔 가자고 권하는 거나 마찬가지아냐! 너무 성급해!

"어라? 하지만 그렇게나 전부터 신청한 것치고는 오늘연락이 왔네요? 아, 딱히 탓하는 건 아닌데요. 순수하게궁금해서요."

"그거야 무슨 짓을 저지를지 알 수 없는 타입이니까요. 인사부 말로는 착한 애니까 괜찮을 거라고 했습니다만, 일단 처음에 유키 씨에게 연락하기 전에 제가 이야기를 해보고 심사를 했습니다."

거봐. 위험인물 취급이잖아! ⋯⋯자업자득이지만.

그럼 어쩌면 아까의 무언 슈퍼챗은, 연락할 수는 없지만어떻게든 자기 마음을 전하고 싶었던 끝에 나온 고육책이었을지도 모르겠네⋯⋯.

"그래서, 당분간 상태를 봤는데 유키 씨를 좋아하긴 해도 유키 씨한테 폐를 끼칠 애는 아니라고 판단해서 연락을

드린 겁니다. ……어쩌실래요?"

"아~. 스즈키 씨가 그렇게 판단했다면 아마 괜찮을 것 같아요. 기꺼이 콜라보를 할게요."

"관대한 대응, 감사합니다. 분명히 아리스 씨도 기뻐할 거예요."

"아뇨. 저도 선배가 됐는걸요. 잘난 척하고 싶은 것뿐이에요."

용건은 그것뿐이었는지, 통화는 그렇게 끝났다. 앞으로는 아리스 쨩의 연락도 중개 없이 나한테 올 모양이다.

그건 그렇고, 선배라……. 아직도 실감이 안 나지만, 경험자로서 한심한 모습은 보일 수 없지. 보일 수 없지만…… 아리스 쨩한테는 대체 어떻게 대응하는 게 정답이지……?

지금까지 노리는 포지션이었던 내가 사냥감이 된다는 미지의 공포를 느끼면서, 나는 잠자리에 들었다.

흑역사 시청 방송

4기생의 강렬한 데뷔로부터 약 1주일이 지났다.

세 사람은 개성을 살려서 이미 기대한 그대로의 활약을 하고 있었다.

나도 선배로서 지지 않도록 오늘도 컴퓨터 앞에 앉아 방송을 시작했는데……

"……네. 오늘은 그다지 예쁘지 않은 담설(淡雪)이 내리고 있군요."

응. 과거에 이 정도로 가라앉은 인사를 한 적이 없다고 잘라 말할 수 있다.

나도 스스로 말하긴 좀 그렇지만, 돈을 버는 이상 프로 방송인이다. 리스너 여러분이 방송을 즐겁게 볼 수 있도록 전력을 다하고 싶다. 그렇게 생각은 한다.

하지만……. 하지만 말이지?

"네! 소우마 아리스, 현 시간부로 도착했습니다!"

눈앞에 나타난 폭발할 생각이 가득한 초대형 폭탄을 보고, 여러분은 과연 미소를 유지할 수 있나요?

: 왔구나왔어왔어왔어!! ¥3,000

: 이 콜라보를 보기 위해서 살아왔다.

: 좋은 콜라보잖아!

: 아와 쨩은 텐션 왜 이렇게 낮아?ㅋㅋ

: 그야 자기소개에서 목○지를 갖고 싶다고 발언한 녀석이 옆에 있으면 이렇겠지 ¥300

: 아리스 쨩은 슈와 쨩이 지금까지 라이버들에게 성희롱을 해댄 일에 대한 카운터지. 듬뿍 즐기라고!

: 네가 뽑으면 나도 뽑는다. 두 배로 돌려주마!

: 좀 제대로 된 걸로 돌려줘라.

: 용케도 이 콜라보 OK 했네ㅋㅋㅋ

"아니 그건 뭐, 선배니까 당연히 응해줘야죠!"

드디어 찾아온 콜라보 당일. 무슨 일이 일어날지 모르니까 정신을 똑바로 차려야 한다고 생각했지만, 역시 거절한다는 선택지는 있을 수 없었다.

안 그래도 아리스는 이제 막 데뷔를 한 참이라 실생활도 우왕좌왕하고 있을 거야. 나도 옛날에 그런 경험을 한 적이 있으니까, 선배로서 서포트해 주고 싶다.

덧붙이자면 만약 이번 콜라보를 거절하기라도 하면, 아리스가 쇼크를 받아서 이제부터 자신 있게 앞으로 나서지 못할지도 모른다. 그것만큼은 피해야 해.

그러니까 콜라보를 하는 건 전혀 상관없어. 상관없는데.

제발 카탓타의 DM으로 3000자짜리 콜라보 신청문을 쓰지는 말라고, 좀!!

처음 봤을 땐 깜짝 놀랐다. 소설이라도 쓴 줄 알았어. 그런 게 오면 스즈키 씨도 경계할만하지.

내용엔 「오늘은 날씨도 좋고~」 같은 게 여러모로 적혀 있어서 정중하긴 했지만, 아무리 그래도 길어!

서론이 특히 길어서, 콜라보 신청이라는 본론에 들어가기까지 약 1600자 정도를 읽어야 했다.

언제 「목ㅇ지 주세요」라고 할지 모르는 공포를 느끼며 1600자나 읽어버린 내 입장이 돼보라고……

"아아~. 오늘은 제 인생에서 가장 좋은 날입니다! 누가 뭐래도 저의 신이나 다름없는 아와유키 공과 콜라보를 하게 됐습니다!"

"어느새 내가 신이 된 거야?"

"스트제로의 신입니다!"

"어째서 그런 죄악의 신이야? 하다못해 뭔가 다른 건 없어?"

"섹드립의 신, 구토의 신, 이상성욕의 신 정도가 있습니다! 어느 걸 골라도 됩니다!"

"그 신님, 머릿속에서 라그나로크가 일어나지 않나요?"

 : 너잖아!

 : 너잖아!

 : 라그나로크라면, 라이브온은 신화 속의 세계였나……?

 : 하긴 인간계에서 살아왔다고 생각하기 어려운 인재들투성이지.

 : 제우스=아와 쨩 설 급부상. 근거는 여자를 좋아하니까.

 : 사상 최고로 대충 갖다 붙인 근거ㅋㅋ

 : 수치와 번뇌의 신이 되어 버리니까 그만해 드려라.

"그러면 서론은 여기까지 하고. 오늘은 아리스 쨩의 제안으로 기획을 모두 맡겼습니다. 아직 저도 어떤 기획을 할 건지 모릅니다. 솔직히 뻔히 보이는 지뢰를 밟으러 가는 것 같기도 합니다만……. 아리스, 기획 설명을 부탁드려요."

"…………."

"어라? 아리스?"

"잠시 기다려 주십시오. 지금 보이스 레코더로 제 이름을 불러주시는 아와유키 공의 목소리를 녹음하고 있습니다."

"엇, 뭐 하는 거야?! 대체 뭘 위해서?!"

"사용하기 위해서입니다!"

"뭐에?! 뭐에 쓰려는 건데?!"

"그렇고 그런 것에 사용할 셈입니다!"

"이해하고만 나 자신을 때려주고 싶은 롸잇 나우."

: 아리스 쨩, 처음부터 풀악셀이네…….

: 자기 방송에서 본인보다 아와 쨩 이야기를 하는 시간이 더 많은 사람이니까.

: 아리스의 방송 봤는데, 슈와 쨩의 목소리를 헤르츠 단위로 분석하기 시작했을 때는 완전히 뒤집어졌다고.

: 명색이 아이돌이라 노래 방송에서는 멋있었는데…….

: 다채로운 표현을 같은 음으로 표현할 수 있다. 언어의 미학이다.

"하아, 하아. 이, 이 이상 서론에 시간을 들일 수는 없으니까 됐어요! 기획 설명을 얼른 해줘요!"

"알겠습니다! 이번 기획은 다시 말해서!『두두둥! 둘이서 전설의 슈와 쨩 탄생의 순간을 지켜보자!』입니다!"

"아~ 여러분, 아쉽지만 이제 곧 담설이 그칠 것 같네요. 아쉽지만 오늘 방송은 여기서 끝입니다. 또 담설이 내릴

때 만나도록 해요."

"스톱! 스톱입니다! 아직 시작도 안 했습니다! 갑자기 무슨 일입니까?!"

"무슨 일이고 나발이고 없어요! 왜 제 흑역사를 스스로 보러 가야 하나요?!"

"어라? 분명히 아와유키 공은 아와 쨩 공과 슈와 쨩 공으로 다른 사람이란 설정이 아니었습니까? 그렇게 생각하면 지금 한 말은 이상하지 않습니까?"

"아리스 쨩. 세상에는 암묵적인 룰이란 게 있어, 알겠지?"

"앗, 넵. 입니다."

"좋아! 그러면, 이 기획은 없던 걸로 하고……."

"그건 안 됩니다! 저는 이 기획을 위해서 서른 시간을 들여 슈와 쨩 탄생의 순간을 분석해왔습니다! 리스너 공들도 분명 기뻐해 주실 기획입니다!"

"아리스 쨩, 시간이란 건 유한해. 다시 말해서 한정적인 거야. 이번에는 시간을 올바르게 쓰는 법에 대해 배우지 않을래?"

"으음?? 아와유키 공을 위해서 쓰는 시간 외에 무슨 가치가 있다는 겁니까?"

"오우…… 여러 가지 의미로 울 것 같다……."

정신 차려 아리스, 네가 동경하는 건 라이브온의 개그맨이라고!

좀 더, 시온 선배나…… 그리고 또, 그러니까…….

아, 틀렸을지도. 라이브온은 4기생을 제외하고도 8명이나 라이버가 있는데 시온 선배 말고 정상인이 없어.

참으로 가족 같고 통풍이 잘되는(다들 본성을 숨길 생각 제로라 벽을 죄다 들어낸 수준) 직장이라니까.

라이브온은 언젠가 머릿속이 화이트 기업이라고 불릴 것 같다.

반대로 어째서 시온 선배가 붙은 걸까? 라이브온 최대의 의문이야.

그럼, 이제 본론으로 돌아가서―

"……이거 정말로 할 건가요?"

"그렇습니다! ……물론, 절대로 싫다고 하시면 그만두겠습니다만?"

"아니, 뭐. 놀란 것뿐이지 괜찮아요. 리스너 여러분도 기대하고 있는 것 같으니. 온갖 동영상에서 목소리가 프리 소재로 쓰이는 저의 관용을 얕보지 말아 주세요."

"앗싸~ 입니다!! 동영상은 아와유키 공의 채널에서 빌려 왔습니다."

"그래요."

그 방송 종료 실수 영상의 처리에 대해서 짧게 이야기하고 넘어가자. 처음에는 당연히 아카이브도 비공개로 해뒀는데, 이미 엄청나게 클립을 따인 데다가 다들 바라고 있는 것 같았다. 그래서 자신을 인정한다는 의미를 담아, 결심에 결심을 거듭해 내 채널에 영상을 올려놨다.

재생수도 어마어마하게 올라가고 있지만, 아무리 그래도 스스로 본 적은 아직 없다.

대체 어떻게 될지…….

"좋아. 준비는 끝났습니다! 이번에는 종료 실수부터 그 다음 솔로 방송까지의 명장면을 픽업하려고 합니다!"

"꿀꺼억…….."

『푸슉! 꿀꺽, 꿀꺽…… 푸하아~!!』

아아, 이건 처음으로 시청자들 앞에서 술을 마신 장면이네. 나는 완전히 방송이 꺼졌다고 생각했었지.

"기념적인 슈와 쨩 공의 첫 울음소리입니다!"

"아니. 울음소리가 푸하아라는 건 대체 뭔가요?"

"양수가 스트제로였던 게 아닙니까?"

"대체 그 자유로운 발상력은 뭐죠? 천재인가요?"

"저는 인터넷 뉴스에서 이 방송을 알게 되어 실시간으로는 보지 못했습니다. 전설의 목격자가 된 사람들이 정말로 부럽습니다……."

"아니, 전설 같은 게 아니고 그냥 방송사고니까요. 한 여자의 인생이 개그 캐릭터로 결정된 순간이니까요."

"그렇게 비하하지 말아 주십시오! 저에게는 신의 탄생이나 마찬가지인 순간입니다! 잔 다르크가 신의 음성을 들었다면, 저는 슈와 쨩 공의 목소리를 들었다고 주장할 겁니다!"

"그렇게 술 냄새나는 목소리는 그냥 무시하세요……."

『우햐~! 역시 롱캔 따는 소리는 최고야!!』

"이건 순식간에 350ml캔 하나를 다 마신 후의 보이스입니다!"

"지금 보면 이 시절의 저는 진짜 심각하게 퍼부어댔네요. 지금은 이렇게 하이페이스로 마시지 않아요."

『허어? 완전 꼴리거든? 마마가 히카리 쨩의 방송 보니까 꼴리거든?』

"아아누군가이여자를좀말려봐아아앗!!!"

너무나도 망측한 추태를 견디지 못하고 무심코 귀를 막아 버렸다.

나는 대체 뭔 소릴 지껄이는 거지?!

"동기의 마마를 자칭한 데다 혼신의 꼴린다 발언, 깊은 감명을 받았습니다! 저도 언젠가 꼴리는 존재가 될 수 있도록 노력하겠습니다!"

"진정하세요, 아리스 쨩. 아직 늦지 않았습니다. 다시 한 번 부모님과 대화를 해서 자신의 장래를 돌이켜 봐도 될 것 같아요."

"아버님과 어머님의 허가는 이미 받았습니다! 이해를 받기 위해 셋이서 아와유키 공의 모든 방송을 시청하기도 했습니다!"

"아니이이이 대체 뭘 한 거야?!?! 안 그래도 거실의 이터널 포스 블리자드라든가 이어폰 연결이 됐는지 확인해야 하는 라이버 랭킹 1위란 소리를 듣는다고!"

"어머님은 『어머나, 옛날의 나 같은걸!』이라 하셨고, 아버님은 『핫핫하! 그렇게 겸손하지 마!』라고 하셔서, 대단히 화목한 광경이었습니다."

"엥? 대체 무슨……? 지금 그 대화의 흐름을 보면 어머님이 상당히 위험한 녀석 아냐?"

: 도저히 현실에서는 있을 수 없는 대화 실화냐?ㅋㅋ

: 나는 양수란 단어가 대화 속에서 나온 걸 살면서 처음 들었다. ¥20,000

: 나도 용기를 내면 여자애랑 대화할 수 있을까?

: 이제부터 매일 대화하자구?

: 무슨 일이 있어도 여자애한테 양수에 대한 말은 하지 마라.

: 레알? 요즘에 나는 양수가 마이 붐인데~ 라며 말을 걸어보려고 했단 말이야.

: 동정 형씨의 차기작(다음 생)을 기대해주세요 ¥1,000

: 아리스의 핏줄은 대체…….

: 역시 유전자는 굉장하네.

: 너는 가족이 라이브온이냐?

"사실 방송 종료 실수 때는 애당초 아와유키 공이 방송 모드가 아니었기에 발언이 적으니, 다음으로 『솔로 방송』의 명장면으로 가볼까 합니다."

"말하는 게 전부 혼잣말이니까요."

"저로서는 구토식 방송 종료도 선정하고 싶었습니다만, 운영 측이 말렸습니다. 정말 아쉽습니다."

"당연하죠. 왜 구토 소리 같은 걸 들어야 하는 건가요……?"

"수요가 있습니다."

"그럴 리 없어요."

"저는 루프 편집해서 자장가로 듣고 있습니다."

"귀가 맛이 간 거 아냐?"

"자, 그러면 『솔로 방송』의 명장면을 보러 가겠습니다! 이번에는 너무나도 감동한 장면이 많아서 고르기가 어려웠습니다!"

"어, 그 방송의 어느 부분에 울 요소가 있었나요? 눈물이 나와도 너무 웃어서 나온 눈물이 아닌가요? 그야 저는 울지만요. 자신의 추태를 보고."

"눈물샘이 붕괴됐습니다! 슈와 쨩은 인생 그 자체입니다!"

"정말로? 하긴 제 기억이 틀린 것뿐이고 감격스러운 갓 에피였을 가능성이 미립자 레벨로 존재할지도 모르니, 일단 한 번 볼까요."

"네, 알겠습니다! 그러면 우선 이 전설의 명언부터입니다!"

『꿀꺽, 꿀꺽, 꿀꺽! 으으응기이분 죽인다아아아!!』

"이건 눈물샘 붕괴가 아니라 복근 붕괴나 정신 붕괴 아닌가요?"

"어떡하면 이 정도로 약 빤 소리를 낼 수 있는지 참으로 신기합니다. 아무리 연습을 해도 흉내 낼 수가 없어서……."

"이런 거 연습하면 폴리스맨이 달려옵니다……."

"개인적인 말을 하자면 최고의 『슈와딸』 포인트이기도 합니다!"

"엇, 지금 뭐라고 했냐? 지금 터무니없는 말 했지?! 슈와딸이란 건 뭐야?!?!"

"……발그레//// 제 일과입니다…….////"

" "

: 꿀잼폭탄 회피 불가.

: 슈와딸은 너무 매니악한 성벽 아닙니까?

: 아~ 잘 알지. 나도 자주 이 슈와 쨩이 약 빤 순간에 맞춰서 아들로 스트제로를 빨곤 했지.

: 번역기 쓰다보면 자주 있는 변환 실수를 한 해외 형씨라고 믿고 싶다.

: 너무 기겁한 나머지 한 발씩 물러섰더니 돌아왔습니다. 지구 한 바퀴입니다.

『나, 스트제로랑 결혼할래.』

"강대한 연적이 탄생한 순간입니다……."

"아니, 편의점에서 파는 캔 츄하이가 연적이라는 건 대체 뭔데? 뭐시기 코틸 보ㅇ보의 세계에 들어오기라도 했어?"

"슈와 쨩과 스트제로는 왕도 커플링입니다! 철벽의 아성이 되겠습니다. 하지만 질 수는 없습니다! 반드시 아와유키 공의 여자가 되겠습니다!"

"응, 그 점에 관해서는 한 가지 리스너 여러분에게도 드릴 말이 있어요. 어제 마시롱과의 콜라보를 위해 사전조사를 하다 깨달았는데요. 픽시에 투고되는 일러스트에 저랑 가장 많은 커플로 맺어진 게 스트제로인데, 이게 어떻게 된 일이죠? 스트제로는 라이버조차 아닙니다만."

"아와유키 공은 새끼손가락, 스트제로 공은 캔뚜껑에 운명의 붉은 실이 묶여 있는 것입니다!"

"실을 낭비하지 말아주세요. 그리고 말이죠, 백 보 양보해서 커플링은 그렇다 쳐요. 하지만 저와 스트제로의 19금 일러스트는 명백히 이상하지 않나요?"

: ㅋㅋㅋ

: 분명히 보○보 같구만ㅋㅋㅋ

: 마시롱보다 많은 거 실화냐고ㅋㅋ

: 그런 게 있는 거냐ㅋㅋㅋ

: 스트제로는 의인화라도 하는 건가?

: 아니, 캔 모습 그대로인 일러스트도 많다구.

: 이제 머리로는 이해할 수가 없습니다!

: 슈와 쨩이랑 스트제로의 백합 에로 일러스트, 더 늘어나
라~

: 압도적인 파워 워드ㅋㅋ

"그러면! 마지막은 명언 4연발, 가보겠습니다!"

『엉? 나는 순진한 애 엄청 좋아하거든? 그런 걸 보고서
안 꼴린다는 게 실례잖아.』

『오히려 남자라면 여성에게 매력을 느꼈을 때 그 자리에서
바로 쳐야지. 올곧고 솔직한 남자를 여자들은 좋아한다고.』

『세이 선배, 시온 선배. 옛날부터 계속 좋아했어요. SO
X를 전제로 결혼해 주세요.』

『그치만 말이야? 눈앞에 최애 스트리머가 있거든? 내가 살
아갈 양식이었던 사람들이거든? 보통 SOX를 요청하잖아?』

"아아아아 이 성행위 제안녀는 대체 뭔 말을 하는 거야아! 죽인다! 이 녀석은 죽이지 않으면 안 돼애애애애!!!"[#15]

"우우우, 훌쩍……. 이토록 올곧고 흔들림 없는 말이 또 있을까요……! 저는 아와유키 공 덕분에 자신이 무엇을 하고 싶은지 이해했습니다! 살아 있어줘서! 살아 있어줘서 고마워! 스트제로를 마셔줘서 고마워!"

: 노트 살인마를 눈앞에 둔 형사 같은 반응ㅋㅋㅋ

: 마츠다아아!!

: 모든 길은 S○X로 통한다고 생각하는 여자.

: 흐아아~. 이것이 정조역전 세계란 건가요?

: 현세라구요, 선생님.

리스너 여러분도 흑역사 한두 개 정도는 분명히 있겠지.

하지만 걱정 안 해도 돼! 세상에는 나처럼 모든 언동이 1초 뒤엔 흑역사가 되어 있는 전자동 흑역사 생산 머신도 있으니까!

방송이 끝나고, 과거를 돌아보지 않으리라고 몇 번이나 주문처럼 중얼거린 나였다.

#15 죽인다! 이 녀석은 죽이지 않으면 안 돼애애애애!!! 만화 「데스노트」의 등장인물, 「마츠다 토타」의 대사. 마츠다가 그동안 모두를 속여 온 「키라」의 정체를 알게 되자, 그를 총으로 쏘며 내뱉은 말이다.

신비한 동물 퀴즈

아리스 쨩과 콜라보를 한 다음 날, 자연스러운 흐름으로 또 한 명의 4기생이 콜라보 의뢰를 해왔다. 나랑 콜라보를 하고 싶다고 생각해주는 후배가 있다니. 참으로 기분이 좋아.

아리스와 콜라보한 걸 보고 「그러면 나도!」라고 생각한 모양이다. 게다가! 대단히 예의바르고 상식적인 요청문을 보내줬습니다!

상식을 가졌다……. 이렇게 좋은 후배가 있다니…… 감동해서 눈물이 멈추지 않아…….

게다가 오늘은 나뿐 아니라, 네 명이나 참가하는 중형 콜라보! 기합 넣고 간드아~!

"얏호~ 여러분~! 즐거우신가요~랍니다~! 기다리셨습니다, 에에라이 동물원 원장인 소노카제 에에라이랍니다~. 오늘은 세 명의 멋진 게스트가 동물원에 놀러 와 주셨어요~입니다~!"

"푸슉! 안녕하세요! 1년 내내 발정기! 슈와 쨩이드아~!"

"냐냐~앙! 나는 굳이 따지자면 동물원에서 사육되는 게 맞을 것 같은 히루네 네코마야."

"콤피카~! 축제의 빛은 인간 호이호이! 동물 애호가 마츠리야 히카리입니다~!"

네! 이렇게, 이번에는 후배인 에에라이 쨩의 콜라보 요청을 받아 버렸습니다!

그녀의 말로는 자신 있는 기획을 고안했으니, 부디 선배들이 참가해줬으면 좋겠다고 한다. 발안자가 에에라이 쨩이니, 당연히 이번 방송은 그녀가 사회자를 담당하게 됐다.

아, 자기소개로 자신의 이야기보다 더 오래 고릴라를 소개한 녀석에게 사회자는 무리가 아닐까 생각한 당신!

에에라이 쨩이 개인 방송을 시작한 이후로 점점 화제가 되기 시작했는데, 의외로 그녀는 토크의 공수를 자유자재로 다루는 상당한 실력자라는 것이 판명됐습니다!

그러니까 이번 방송에서는 그녀의 수완도 주목 포인트입니다!

: 원장님 떴다!

: 푸슉!

: 이 멤버는 대체 뭐야…….

: 진해. 개성이 너무 진해! 천○일품의 콧테리 라멘 같아.[16]

: 울음소리가 인간의 언어인 것뿐이지, 사실상 동물원 아님?ㅋㅋ

: 원장님, 괜찮을까? 시온 마마 정도가 아니면 수습이 안

#16 천○일품의 콧테리 라멘 일본의 라멘 체인점 중 하나인 「천하일품」의 콧테리 라멘은 매우 걸쭉한 육수로 유명하다. 수많은 라멘 중에서도 그 특유의 맛으로 인해 호불호가 극명하게 갈린다고 알려져 있다.

될 것 같은데.

: 요전 콜라보에서 그 세이 님을 상대로 신나게 토크를 했으니까, 가능할지도 몰라.

: 나긋한 어조에서 나오는 적절한 태클, 죠아.

: 1년 내내 발정기라는 건 나의 해석과 일치하는군.

"게스트인 선배님들에겐 미리 전달했습니다만, 이번 기획은 이것!『신비한 동물 퀴즈』랍니다! 지금부터 원장이 신비한 특징을 가진 동물친구들을 소개할 테니, 선배님들은 그 신비한 특징을 맞춰주시면 됩니다~! 아, 물론 출제 중에는 채팅창 보는 거 금지랍니다!"

"맡겨주시게, 스트제로를 마신 나에게 사각(死角)은 없어."

"망겜 지식을 살려서 힘내주겠어!"

"오늘을 위해서 어제 하루 종일 빨리 누르기 연습과 명상을 통한 집중력 강화를 했으니까, 오늘의 히카리는 무적이야!"

"누구 한 사람도 동물에 관한 게 없는데요~?!"

: 망할 각이 보였다.

: ㅋㅋㅋ

: 히카리 쨩은 정정당당하게 싸우고 싶어서 굳이 공부하지 않았다고 추측해 봄.

: 나머지 두 사람은 평범하게 바보.

: 아마 생각하면 패배하는 사태만 일어날 테니 이 틈에 나

도 스트제로 마셔둬야지.

: 오호, 이것이 해장술이란 건가요?

: 절대 아니야…….

"시작부터 드립 칠 생각으로 한가득인 선배님들을 보고, 예상대로 개그 대회가 될 각오를 굳힌 에에라이랍니다~. 그러면 얼른 첫 번째 문제 가볼까요입니다! 첫 동물친구는 이 『오리너구리』입니다~. 작은 해달 같은 몸에, 대단히 특징적인 오리 같은 부리가 달린 큐트한 동물친구랍니다! 오리너구리는 기발한 특징을 산더미처럼 가지고 있는 생물이라서, 하나라도 문제를 맞힌 시점에서 정답으로 할 거예요랍니다~. 첫 문제는 간단한 걸로 선출했어요입니다! 해답을 떠올린 분은 미리 전달한 딩동! 소리가 나는 SE를 울려 주세요입니다."

마우스 커서를 화면에 표시해둔, SE가 울리는 아이콘에 올렸다.

아무래도 누가 SE를 울렸는지 그녀는 제대로 판별할 수 있는 모양이다.

그러면 더 기다릴 것 없이!

딩동!

"네, 슈와 쨩 선배! 대답해주세요랍니다!"

"그 자랑스러운 부리를 써서 터무니없는 전희를 구사한다! 훗, 이 문제는 따냈군."

"오답입니다~. 그렇게 야한 생각만 하는 입에 오리너구리의 부리를 붙여서 막아줄까~랍니다~."

딩동!

"네, 네코마 선배. 대답해주세요랍니다!"

"사실은 부리가 소수점 이하의 확률로 드랍된다!"

"오답입니다~. 검은 책[#17]을 의지하는 건 그만두는 게 정답이랍니다~."

딩동!

"네, 히카리 선배. 대답해주세요랍니다!"

"사실 부리를 떼면 커다란 상처가 있다. 하지만 그것은 과거에 소중한 동료를 감싸고 생긴 명예로운 상처였다. 그는 다시 한번 소중한 동료를 지키기 위해 지금 그 상처를 드러내고, 진정한 힘을 해방한다!"

"오답입니다~. 애당초 이게 답이야랍니다?"

으음~. 셋 다 틀렸구나. 생각보단 어려운걸(무감정).

: 첫 콜라보하는 후배 앞에서 전희를 화제로 꺼내지 마ㅋㅋㅋ

: 따냈군(웃음을)

: ㄹㅇㅋㅋ 웃음을 얻는 대신에 소중한 것을 희생하고 있단 걸 좀 깨닫길.

#17 검은 책 일본의 RPG 「파이널 판타지 택틱스」의 공략집. 겉표지 색을 따 검은 책이라 불린다. 게임 속 다양한 정보를 소개하고 있으나, 수많은 오타와 잘못된 내용이 실리는 등 무엇이 진실인지 구분할 수 없는 공략집이라는 악명을 떨쳤다. 특정 캐릭터로부터 절대 훔칠 수 없는 아이템을 「소수점 이하의 확률로 훔칠 수 있다」고 기재해 수많은 유저들의 원성을 산 것으로 유명.

: 검은 책…… 데스ㅇ트인가?

: 분명히 죽었군. 책을 믿은 사람들의 마음이!

: 히카리 쨩은 뜨겁다고!

: 평범하게 셋 다 오답이란 말이지…….

"세 번 정답이 안 나왔으니 힌트를 드릴게요~. 힌트는 『포유류인데』랍니다!"

딩동!

"네, 슈와 쨩 선배! 대답해주세요랍니다!"

"가슴을 빨고 싶어요."

"오답이랍니다~. 원장이 듣고 싶은 건 정답이지, 아무도 선배의 소망을 물어보지 않았어랍니다~."

딩동!

"네, 히카리 선배. 대답해주세요랍니다!"

"탈피한다!"

"으~음? 오답! 하지만 괜찮은 방향으로 가고 있답니다~!"

딩동!

"네, 네코마 선배! 대답해주세요랍니다!"

"알을 낳는 거야?"

"오오~ 정답이랍니다~! 에에라이~에에라이~[#18]랍니다!"

: 헤에~(새로운 지식을 얻었다)

#18 에에라이~에에라이~ 일본어로 「장하다, 장해」와 자신의 이름인 「에에라이」를 이용한 말장난.

: 진짜냐? 이 녀석은 어째서 포유류로 태어난 건데?

: 수중 생물을 사냥하는 주제에 수중선 눈을 못 뜨는 덤벙이라우.

: 어떻게 이만큼 진화한 건지 알 수 없는 생물인데 살아있는 화석인 것도 웃김.

: 솔직히 귀여워서 최고야.

으윽. 첫 문제는 네코마 선배한테 뺏겨 버렸네.

나, 나도 전력을 내면 맞출 수 있어!

아와유키, 다음 문제부터 전력을 내겠습니다!

"그러면 두 번째 문제 갑니다~! 다음 동물친구는 이 『보노보』랍니다! 『피그미 침팬지』라고 불리기도 하는 동물친구인데, 겉보기에는 거의 조그만 침팬지. 성격은 대단히 영리하고 평화적인 성격을 가진 동물친구랍니다~. 여기서 문제입니다! 보노보는 평화를 사랑하는 동물인데요, 예를 들어서 다툼이 있을 때 서로의 긴장감이 높아지는 상황이 되면 어떤 행동으로 그 긴장을 풀려고 합니다. 그 행동이란 무엇일까요입니다~!"

딩동!

"네! 네코마 선배, 대답해주세요랍니다!"

"함께 하염없이 벽에 부딪히며 벽 뚫기 디버깅을 해서 마음을 비운다!"

"오답이랍니다~. 망겜을 너무 해서 벽 뚫기를 상식이라고 착각하는 게 아닌가인가요?"

"냐냥, 망겜을 얕보면 안 돼! 진정한 망겜의 사전에는 디버깅이란 문자가 없거든."

"사전에 적기 전에 게임의 코딩부터 다시 해~랍니다!"

딩동!

"네. 히카리 선배, 대답해주세요랍니다!"

"함께 스포츠를 한다! 함께 청춘의 땀을 흘리면 분명히 서로 이해할 수 있어!"

"오답이랍니다~. 하지만 그 생각 자체는 개인적으로 대단히 좋아해요! 히카리 선배의 좋은 점이네요~."

"에헤헤, 칭찬 받았다!"

딩동!

"네, 슈와 쨩 선배! 대답해주세요랍니다!"

"스트제로를 마신다. 서로 속을 터놓으면 친해질 수 있어! 스트제로라면 할 수 있어!"

"오답이랍니다~. 애당초 어떻게 자연 속을 살아가는 보노보가 스트제로를 마셔인가요?"

"그래도 스트제로라면…… 스트제로라면 분명히 어떻게든 해줄 거야……."

"슈와 쨩 선배는 스트제로를 성수 같은 걸로 생각하고 있는 걸까요?"

"여자애의 성수에는 무한한 매력이 담겨 있는데?"

"대화의 문맥을 완전 무시하는 건 그만두시는 거예요~."

"저한테는 히카리처럼 칭찬할 점은 없는 건가요!"

"없답니다~."

: 코딩 다시 하기 전에 기획서를 다시 적어라, 오버.

: 기획서 적기 전에 게임을 이해해라, 오버.

: 나도 히카리랑 아침의 스포츠로 땀을 흘리고 싶어요.

: 유죄 판결.

: 잠깐, 자세히 봐라! 밤이 아니라 아침의 스포츠다! 건강하고 좋잖아!

: 안녕하세요, 아침 스포츠 형씨입니다. 참고로 밤낮이 역전되어 있습니다.

: 좋아, 너도 유죄 판결. 구원은 없다.

: 어째서 슈와 쨩은 칭찬을 받을 거라 생각한 거냐…….

: 슈와 쨩도 여자애니까, 성수가 나오지 않을까?

: 슈와 쨩에게서 나오는 건 여과된 스트제로니까 성수는 아니지.

: 슈와 쨩은 여과기였다?!

헉! 이러면 안 되지. 방금 전력을 다한다고 말을 해놓고 개그 욕구를 억누르지 못했어……!

생각해라. 후배 앞에서 멋진 모습을 보이는 거야! 이번에야말로 정답을 노린다!

에에라이 쨩의 이야기를 들어보니, 보노보는 아마도 상

당히 영리한 동물일 거야. 평화적인 해결책을 생각해내는 시점에서 동물치고는 상당히 선진적이다.

그렇다면, 영리한 사람이 긴박한 상황에서 대체 무엇을 할지 생각해보면 정답에 다가갈 수 있는 게 아닐까?(주정뱅이 특유의 수수께끼 이론)

좋아, 일단 이 방향으로 생각해 보자!

그렇다면 일단 영리한 사람이 누구인지 확실하게 정하는 게 생각하기 쉽겠어.

영리한 사람, 영리한 사람……. 누가 있을까…….

"세 번 대답이 나왔으니 힌트를 드릴게요! 힌트는『접촉한다』랍니다!"

딩동!

"넵~ 네코마 선배. 대답해주세요랍니다!"

"함께 댄스를 추지 않을까? 사교댄스 같은 느낌으로."

"오답이랍니다~. 하지만 상당히 가까워진 느낌은 있어랍니다!"

——나는 진리에 도달한 걸지도 모른다.

내가 찾고 있는 영리한 사람, 그것은 다름 아닌 나였던 게 아닐까?

스트제로의 근사함을 누구보다도 이해하고, 스스로의 해방이 오늘날의 트렌드인 이 세상에서 누구보다도 욕망을 드러내며, VTuber계의 최전선에 서 있는—.

이럴 수가…… 이게 등잔 밑이 어두웠다는 건가.

그러나 찾고 있던 것을 발견했으니 이제는 간단해! 내가 긴장감 있는 상황에서 하는 행동, 그것을 생각하면 되지! 그리고 그 대답은——.

물론 SOX다!

딩동!

"네! 슈와 쨩 선배, 대답해주세요랍니다!"

"SOX! 나비처럼 SOX! 벌처럼 SOX! SOX We can! 나는 암컷과 SOX가 하고 싶드아아아아아아!!"

"오오! 정답이랍니다! 에에라이~에에라이랍니다~!"

……엥?

"사실은 이 보노보라는 동물친구들, 성행위가 대단히 친숙한 생활을 하고 있답니다~! 긴장을 푸는 등의 커뮤니케이션 목적으로, 이성과 동성 가리지 않고 성행위를 하는 거랍니다~. 그래서 슈와 쨩 선배가 정답이랍니다!"

"슈와 쨩 굉장하네! 근데 SOX가 뭐야?"

"그런 말도 안 되는…… 현실이 버그 걸렸나?"

솔직히 말하면 개그 모드로 달리고 있다는 건 스스로도 알고 있었는데, 설마 정답이었다니…….

"설마— 내가 정말로 영리해졌나?"

"무슨 말을 하는 건지는 모르겠지만, 아마도 아닐 테니까 안심해도 될 거랍니다~."

: 이게 왜 정답이냐고ㅋㅋㅋㅋ

: 실화냐ㅋㅋㅋ

: 에에에에엑?!

: 설마, 보노보는 슈와 쨩이었나?

: 잠깐, 슈와 쨩이 보노보일 가능성도 있어!

: 이제 뭐가 뭔지 알 수가 없다.

"그러면 이쯤에서 난이도를 올려서 갈게요랍니다~! 다음 주제는『범고래』친구입니다!"

"응, 범고래? 동물원인데? 굳이 따지자면 수족관 아냐……?"

"어흠. 히카리 선배, 그건 기존의 개념에 너무 사로잡혀 있어랍니다! 에에라이 동물원은『움직이는 것』을 동물로 정의하기 때문에, 일반적인 동물에 더해서 해양생물, 파충류, 양서류, 미생물까지 모여 있는 버추얼계에서 손꼽히는 테마파크야랍니다!!"

"그, 그렇구나! 히카리의 관점이 좁았던 거구나! 히카리는 또 한 걸음 성장했어! 고마워, 에에라이 쨩!"

"참 쉽게도 넘어 온답니다~."

"히카리 쨩을 위해서 이건 태클을 걸지 말고 넘어가 주죠, 네코마 선배."

"냥."

반대로 말해서 에에라이 쨩은 그 정도로 넓은 지식을 가졌다는 거니까!

그건 그렇고 범고래라~. 어렸을 때는 겉모습을 좋아했었지~. 하지만 사육하고 있는 수족관이 근처에 전혀 없어서 실제로 만난 적이 없단 말이야.

어렸을 적 얘기니까 어디까지나 겉모습에 끌렸을 뿐이고, 자세한 생태 같은 건 전혀 모르는데.

이건 좀 어려운 문제일지도 몰라…….

뭐, 방금 내심 비슷한 생각을 하면서도 정답을 맞춰버렸지만 말이야~!

흐흥! 리스너 여러분에게는 2연속으로 영리한 슈와 쨩을 보여준드아~!

"판다처럼 대단히 사랑스러운 모습을 가진 범고래입니다만, 사실은 바다의 먹이사슬 정점에 있다고 할 정도로 강력한 생물이기도 하답니다~. 수컷의 몸길이는 약 6미터에 이르고, 골격을 보면 백상아리가 귀엽게 보일 정도의 체격이라는 걸 알 수 있어요~. 더욱이 해양생물 중 톱클래스의 지성과, 무리 생활의 팀워크가 더해지면 이제 적이 없는 상태인데 거기에 더해서 『그게 뭐야 비겁하잖아』 수준의 필살기를 가지고 있는 거랍니다! 그 필살기라는 건 무엇일까요랍니다~."

지, 진짜로? 범고래가 그렇게 강했어? 그리고 평범하게 너무 크지 않아? 6미터라면 거의 자그마한 고래잖아!

귀여운데 강하다니, 삶을 너무 날로 먹는데! 나는 방금 전 문제 탓에 채팅창에서 보노보 아종이라고 불리기 시작했다고!

딩동!

"네, 네코마 선배! 대답해주세요랍니다!"

"스테이터스가 너무 높아서 파워 업 아이템을 쓰면 오버플로우를 일으켜 오히려 약해진다!"

"오답이랍니다~. 조금 전 대답하실 때부터 생각했는데요, 네코마 선배는 이 세계를 망겜으로 착각하는 게 아닐까랍니다?"

"나는 망겜과 망작 영화를 아낌없이 사랑하는 똥망작의 탐구자니까. 똥망작이 있는 곳에 네코마가 있는 거야."

"파리냐고~랍니다~."

딩동!

"네, 슈와 쨩 선배. 대답해주세요랍니다!"

"회사 사람들끼리 회식 갔을 때, 이미 얼굴은 벌겋게 달아올랐으면서 괜찮다고 계속 잔을 들이키는 사람……."

"오답이랍니다~. 그건 범고래가 아니라 술고래랍니다~."

딩동!

"네~ 네코마 선배, 대답해주세요랍니다!"

"측면 태클을 하는 것과 동시에 공간을 왜곡시켜서 타격 판정을 넓힌다!"

"오답이랍니다~. 가노ㅇ토스[19]의 아공간 태클은 하이에 나나 먹으라고 던져 버려라랍니다~."

　: 꽁트가 시작됐군ㅋㅋ

　: IPPOㅇN 그랑프리 대회랑 착각하셨습니다.

　: 슈와 쨩, 대답할 때 목소리가 완전히 죽었던데?ㅋㅋ

　: 실제 체험이겠지……

　: 공격 판정이 이상한 나쁜 아이는 거너 네 명이서 해치우자구~.

"세 번 대답이 나왔으니, 이번에도 힌트 타임이랍니다~! 힌트는『초음파』랍니다~."

딩동!

"슈와 쨩 선배, 대답해주세요랍니다!"

"다른 생물이 듣지 못하는 초음파를 써서 공공연히 섹드립을 칠 수 있다!"

"오답이랍니다~. 분명히 공공연히 전 세계 사람들에게 들리도록 섹드립을 연발하는 슈와 쨩 선배에게는 필살기로 보일지도 모르겠지만이랍니다~."

"수치심은 이미 버렸다! 그런 필살기 따위, 나에게는 필요 없어!"

"범고래에겐 더 필요 없어랍니다~."

#19 가노ㅇ토스 게임「몬스터 헌터」시리즈에 등장하는 몬스터. 수중에서 활동하는 거대한 몬스터로, 육상에서 전투 시 강력한 돌진기인「철산고」패턴이 유명하다. 거대한 몸 크기와 더불어 공격 판정을 한 눈에 알아보기 어려워, 유저들 사이에서「아공간 태클」이라는 별명으로 불린다.

딩동!

"네, 네코마 선배~ 대답해주세요랍니다!"

"토네이도를 타고서 하늘을 나는 킬러 웨일네이도를 일으킨다!"

"샤크ㅇ이도[20] 같은 말을 하지 마입니다! 그리고 기껏 힌트를 알려줬는데 전혀 상관이 없답니다~."

"냐냐~앙! 샤크ㅇ이도를 알고 있다니, 제법인걸."

"그건 상어 영화가 아니라 코미디 영화로 접근하면 갓 명작 영화야랍니다~."

딩동!

"오! 드디어 버튼을 누른 히카리 선배랍니다! 대답해주세요랍니다~."

"훗, 훗, 후! 둘에겐 미안하지만, 아무래도 정답에 도달해 버린 것 같아."

뭐……라고……?

지금까지 계속 침묵하고 있던 히카리 쨩이, 남몰래 우리들 앞을 걷고 있었다는 건가?!

"에에라이 쨩의 이야기를 들어보니 범고래는 그냥 강자가 아냐. 강자 중의 강자, 진정한 강자. 다시 말해서 히카리의 대답은 이거야! 진정한 강자는 건드리지도 않고, 보

#20 샤크ㅇ이도 미국의 B급 영화 제작사에서 만든 TV용 저예산 영화 시리즈. 강렬한 토네이도로 인해 LA로 날아온 상어 떼가 사람을 습격한다는 내용으로, 기묘한 설정이나 CG 등으로 컬트적인 인기를 끈 작품이다.

기만 해도 사냥감을 쓰러뜨릴 수 있어!"

……뭐야~. 평소랑 같은 중2병 히카리 쨩이잖아!

한참을 뜸들이다 나온 대답이라 솔직히 조금 쫄았다.

후훗, 히카리 쨩……. 너는 한 가지 착각하고 있어.

너무 강한 말은 쓰지마……. 약해 보인다구.[#21]

"오오! 이건 정답이라고 해도 되지 않을까랍니다~! 에에라이~에에라이~랍니다~!"

"정말?! 야호~! 드디어 히카리도 정답 맞췄어~!!"

뭐……라고……?!

"범고래는 초음파를 응축시켜서 사냥감에 맞추면, 설령 멀리 떨어져 있어도 그 사냥감의 감각을 마비시켜 제대로 헤엄치지 못하게 할 수가 있답니다~."

후후, 분명히 강한 말을 쓰면 약해 보이는군. 지금 나 자신의 모습을 보고 통감했어. 역시 내가 한 말에 거짓은 없었다.

특대 부메랑을 맞은 나였다…….

"다음이 마지막 문제니까, 이제 봐주기 없는 고난이도 문제이랍니다~!"

음. 다음이 마지막이라면, 현재 모두 하나씩 정답을 맞혔으니까, 다음 문제의 정답자가 그대로 이 기획의 승자가

#21 너무 강한 말은 쓰지마……. 약해 보인다구 만화 「블리치」의 등장인물, 「아이젠 소스케」의 대사. 최근 한국에서도 여러 커뮤니티에서 쓰이고 있다.

된다는 거다.

이건 기합을 넣고 (개그를 치러) 가야지!

"그럼 해양생물 주제를 이어 가볼까요. 다음 주제는 『아귀』랍니다~."

호오~호오~. 이것 참, 스트제로가 잘 넘어가는 이름이 나왔구먼.

"겉모습으로 상상이 될지도 모르겠지만, 아귀는 심해어로 분류되는 물고기 친구랍니다. 해저에 가라앉은 채, 다가오는 먹잇감을 커다란 입으로 꿀꺽 통째로 삼켜 버린답니다~. 그리고 그로테스크한 모습과 달리 대단히 맛있는 물고기이기도 하며, 전골 등으로 먹어본 적이 있는 분도 많으리라 생각해요. 특히 『안키모』로 불리는 간은 미식이랍니다~."

"에에라이 쨩, 내일 전골 파티를 할 것이여. 아귀 한 마리 부탁해!"

"동물원의 아귀는 식용이 아니야랍니다~."

"아, 히카리한테 좋은 냄비 가지고 있어!"

"재료는 뭘 넣을까~."

"어라라~랍니다~?"

이런 이야기를 듣고 참을 수가 있겠냐! 내일 저녁은 아귀 전골로 결정이다!!

　: 푸슉!

: 셋 다 의욕이 넘치네!

: 초롱아귀를 보면 생명체의 진화에 가능성을 느껴.

"뭐, 전골 이야기는 제쳐두고…… 문제를 내볼까입니다~. 이 아귀 친구, 사실은 수컷 개체에 상상하기도 어려운 굉장한 특징이 있어요랍니다! 그 특징은 뭘까요입니다~!"

딩동!

"네~ 히카리 선배, 대답해주세요랍니다!"

"홋, 홋, 후! 흐름을 타고서 연속 정답을 맞혀버려야지! 사실은 몸속에 군신과도 같은 지휘를 보이는 차장, 그 군신의 생각을 정확하게 이해하고 잘 지탱해주는 통신수, 사격의 명수인 포수, 장전 스피드가 제일인 장전수, 운전 기술이 천재적인 조종수의 다섯 명이 타고 있다!"

"아귀 팀 씨~ 탈 것을 잘못 고르셨어요~랍니다. 개그에 전력투구한 대답으로 스스로 흐름을 끊어버리면 어떡해요입니다~!"

"전차도, 이수하고 싶어."

딩동!

"네, 슈와 쨩 선배. 대답해주세요랍니다!"

"수컷보다 암컷이 더 좋습니다. 암컷에 대한 문제로 바꿔주세요."

"답을 말해라입니다! 퀴즈에서 문제를 바꾸라는 건 전대미문이랍니다~!"

"반성은 하고 있다. 그러나 후회는 하지 않는다."

"아, 이제 곧 동물원의 바다악어가 배고플 시간이랍니다~."

"후회는 하고 있다. 그러나 반성은 하지 않는다."

"오히려 악화되면 어쩌잔 거야입니다……."

딩동!

"네! 네코마 선배, 대답해주세요랍니다!"

"레벨을 올려서 물리 공격으로 때리는 게 최선의 전투 수단."

"태클을 걸고 싶지만 완전히 부정할 수 없으니까 난처하네랍니다~. 이걸로 답이 세 번 나왔으니까 힌트 갑니다~. 힌트는 『초등학교 고학년 정도의 남녀』랍니다!"

딩동!

"네, 슈와 쨩 선배. 대답해주세요랍니다!"

"코믹 LO를 꽤 좋아합니다!"

"응? 코믹 LO가 뭐야입니다~?"

"소녀만화 잡지야."

"호오~, 다음에 조사를 해보겠어요입니다~."

: 야ㅋㅋㅋ

: 너가 거기서 왜 나와……?

: 소녀만화, 이름 그대로의 의미라고 생각하면 뭐, 틀리진 않았지.

: 소녀(가 나오는) 만화잡지.

: L○를 좋아한다니…… **암컷의 수비 범위가 너무 넓잖아, 이 여자!**

: **에에라이 쨩, 도망쳐!**

딩동!

"네, 네코마 선배. 대답해주세요랍니다!"

"냐냐~앙! 이건 자신 있어! 정답은 수컷이 암컷보다 작다!"

"오오! 정답이랍니다~! 에에라이~에에라이~랍니다~. 이걸로 우승은 네코마 선배로 결정됐다랍니다~!"

이런~ 져버렸네에…….

활동 기간이 가장 긴 네코마 선배가 오기를 보여서 후배에게 이겼다는 결과가 됐네.

"그리고 여기서 마무리하기에는 아직 일러요랍니다! 분명히 수컷이 더 작은 것이 정답이지만, 그런 특징을 가진 생물이라면 잔뜩 있어요랍니다. 중요한 건 아귀는 그 크기 차이가 보통이 아니라는 거야랍니다! 이걸 보세요랍니다~!"

"""어?!"""

에에라이 쨩이 의기양양하게 화면에 띄운 아귀의 암수 비교 이미지를 보고, 우리 셋은 나란히 놀란 소리를 내버렸다.

이미지를 보고 가장 먼저 생각한 것은 「정말로 같은 생물인가?」였다.

암컷은 우리가 잘 아는 바로 그 모습인데, 수컷은 암컷의 주위를 헤엄치는 작은 물고기가 아닌가 싶을 정도로 작았다.

"아귀도 종류가 잔뜩 있습니다만, 초롱아귀를 예로 들면 암컷이 대략 60센티미터 정도인 것에 비해, 수컷은 불과 4센티미터 정도밖에 안 된답니다~. 더욱이 놀라운 것은 교미 방법이랍니다! 놀랍게도 수컷이 암컷의 몸에 일체화, 다시 말해서 융합해서 교배를 해요랍니다~."

히, 히이이이…….

다들 상상도 못 한 경악의 사실을 깨닫고, 말이 제대로 안 나오는 낌새다.

기획의 마지막에 걸맞은 터무니없는 문제를 끝으로, 방송은 종료되었다.

돌이켜 생각해 보면 매끄러운 진행에 더해, 생물의 잡학을 능숙하게 엮은 방송이었네에.

역시 이 후배, 상당한 실력자야. 나도 선배로서 지지 않도록 해야지!

막간 마시롱과의 첫 만남

어느 날 오후, 나는 마시롱과 통화를 하면서 별 것 아닌 잡담을 나누고 있었다.

딱히 용건이 있었던 게 아니다. 이건 그저 대화를 하는 것이 목적인 통화다.

"요즘 방송이 끝난 다음에 충실감을 느끼게 됐거든요."

"오, 좋은걸. 역시 오랫동안 하려면 즐기는 게 최고지."

라이버 활동을 시작한 이래로 둘의 사이가 점점 좋아지고, 서로 여유 시간이 생겼을 때 어느샌가 이렇게 마시롱과 통화를 하는 것이 일과가 되어있었다.

목적이 없는 대화 따위 쓸데없는 행위라고 생각하는 사람이 있을지도 모른다. 하지만 나에게 이 시간은 마음이 진정되는 안식의 시간이며, 이 통화가 있는 것과 없는 것에 따라 하루의 만족감이 전혀 다르다.

마시롱이 어떻게 생각하는지는 물어본 적이 없어서 모르겠지만, 나는 이것이야말로 우정으로 쌓아 올린 하나의 도달점이라고 생각한다.

"……."

"응? 아와 쨩, 왜 그래?"

"아니, 뭐라고 해야 할지. 문득 마시롱과 만났을 때를 떠올려버려서."

"어, 갑자기 왜? 지금 대화의 흐름은 그런 거 아니었잖아."

"그건 그렇지만요. 지금 이렇게 자연스럽게 대화할 수 있는 것 자체가 그 무렵에는 상상도 못 했던 일이었지 싶어서."

"아아, 그건 뭐 그렇네. 누구든지 처음 만나는 사람한테는 조심하는 법이니까. 후훗, 어쩔래? 나랑 만난 추억을 회상이라도 해버려?"

"그렇네요. 이런 이야기는 처음이기도 하고. 창피하기는 하지만 되돌아볼까요?"

요즘 너무나도 정신 없는 나날이 이어지고 있어서 과거를 신경 쓸 틈조차 없었으니, 오늘 정도는 추억 이야기를 꽃피워도 되겠지.

마시롱과 처음 대화를 한 건…… 데뷔 전의 어느 날 전화 통화였지—.

"아, 죄송합니다. 들리나요?"

"응, 들려~. 안녕하세요, 이로도리 마시로입니다. 오늘은 잘 부탁해."

"아, 실례합니다! 코코로네 아와유키라고 합니다! 오늘은 부디 잘 부탁드립니다!"

"후훗, 어쩐지 딱딱하네. 우리는 동기고, 라이버 세계에서 말하는 마마랑 딸이란 위치도 있잖아? 이제부터 콜라보 같은 것도 할 테니까, 더 가볍게 가자."

"아, 그게…… 네. 죄송합니다……."

"사과할 이유는 없어. 자, 긴장 안 해도 돼."

"네, 죄송합니다……."

"그러니까 사과 안 해도 된대도. 아, 혹시 부끄럼 많이 타?"

"그럴지도 몰라요……. 고치도록 노력할게요……."

"에이, 됐어. 그러면 천천히 익숙해지자. 조바심 내서 좋을 게 없으니까."

당시는 아직 데뷔조차 안 한 상태였고, 더욱이 동기가 누구인지조차도 몰랐다. 다시 말해서 라이버와 처음 이야기를 한 것도 이때 마시롱이 처음이었다.

어째서 처음이 마시롱이 되었는가 하면, 그건 그녀가 담당해주던 코코로네 아와유키 아바타 디자인의 러프 체크를 부탁받았기 때문이다.

"어때? 전체적으로 청초하고 덧없는 느낌을 내면서도, 어딘가 미스터리어스한 느낌으로. 러프 단계니까 운영 측에서 말해준 안에 따라 디자인을 해봤는데."

"이럴 때 어휘력이 빈약해서 참 죄송하지만, 정말로 너무 너무 근사한 디자인이라고 생각해요. 데이터를 받아서 열어본 순간부터 이것이 프로인가 싶을 정도로 압도됐어요."

"정말? 후훗, 일러스트레이터로서 그림을 칭찬해주면 기쁜걸. 그래서, 이제부터 어떡할까?"

"흐에?"

"왜 그렇게 의외라는 반응이야? 이 그림은 아와유키 쨩을 위해서 그리는 거니까, 뭔가 더하고 싶은 게 있거나 수정을 바라는 점이 있는지 들어봐야지."

"아, 아아! 그렇네요! 괜찮아요! 전에 매니저랑 그 얘기를 했으니까요!"

"오, 그건 다행이네. 나도 일단 운영 측을 통해서 수정사항을 듣기는 했는데, 이제부터 친목을 다지기 위해서라도 본인이랑 의논하고 싶었거든."

당시의 나는 뭐라고 해야 할지…… 자신이 없었다는 표현이 들어맞았을 것이다.

이유는 물론 바로 직전에 관둔 블랙 기업 탓이다. 이름만 근무지, 노예 업무의 강요였으니까.

자존심이 마모에 마모를 거듭해 너덜너덜해지고, 이제 한 조각은 채 남아 있는지 알 수 없었다. 몇 개월 전에 라이브온 면접에 합격한 것조차 아직 환각을 보고 있는 게 아닌가 의심하고 있을 정도였다.

"여러모로 정말 죄송해요…… 아직 실감이 잘 안 나서."

"아냐. 실감이 안 나는 건 나도 조금은 이해하니까 괜찮아. 하지만 이 그림은 아와유키 쨩이 될 미래의 모습이니까, 더 당당해져도 돼."

"이게…… 내가……."

눈앞에서 반짝반짝 빛을 뿜어내는 코코로네 아와유키가, 보는 사람을 매료시키지 않을 수 없는 부드러운 미소를 짓고 있었다.

아직 러프 단계지만, 그럼에도 축복받은 비주얼이라는 건 틀림없다. 마시롱이 일러스트를 담당해준 것은 나에게 틀림없는 행운이었다.

그 모습이 너무나도 눈부셨다. ……그렇기에 당시의 나는 그것이 자신이라는 것을 전혀 상상하지 못해서, 안개가 낀 것 같은 위화감이 머릿속에 떠돌고 있었다.

"음…… 혹시 말이야. 아와유키 쨩은 부끄러움보다는 혹시 자신에게 자신감이 없어?"

"아…… 역시 티가 났나요?"

"응. 아까부터 밝은 화제에 전혀 반응이 없으니까, 왠지 모르게 짐작이 가. 하지만 왜? 아와유키 쨩은 그 라이브온의 3기생으로 합격했잖아? 터무니없는 경쟁률 속에서 선택된 존재란 말이야. 보통 자랑스럽게 생각하지 않아? 나는 평소 성격이랑 안 맞을지도 모르지만, 합격통지서를 봤을 때 신이 나서 소리를 질러 버렸어."

신기하게 생각하여 물어보는 마시롱에게, 나는 면접 때 기억이 거의 없어서 왜 합격했는지 잘 모르겠다고 대답했다.

"헤에~, 신기한 일이 다 있네. 하지만 결과적으로 붙었으니까 잘 됐잖아? 대리를 쓴 것도, 거짓말을 지어낸 것도 아니니까 당당해져도 된다고 나는 생각하는데."

"그렇게 생각하려고 하고 있지만, 아무래도 어려워서요······ 마시로 씨는─."

"그냥 마시로 쨩으로 불러도 돼. 호칭부터라도 가볍게 하자."

"아, 네. 죄송해요······. 그래서 마시로 쨩은, 면접에서 무슨 이야기를 했나요?"

"나 말이지······. 잠깐만, 지금 떠올려 볼게."

마시롱은 조금 소리를 낸 다음, 나하고는 달리 간단하게 떠올린 당시의 일을 이야기해주었다.

"내가 어째서 VTuber가 되고 싶은지에 대해 말한 내용이 거의 다였네."

"그렇군요. 혹시 어째서 되고 싶으셨는지 물어봐도 될까요?"

"응, 좋아. 나는 내 그림을 더 많은 사람에게 보여주고 기억에 남기고 싶어. 그리고 그림의 매력을 퍼트려서 일러스트레이터로 성공하고 싶었어. 그래서 VTuber가 되어 활동의 장을 넓히고 싶었던 말이지."

잠깐 돌이켜보더니 망설임 없이 대답이 돌아왔다. 확고한 의지로 행동하고 있다는 것이 흔들림 없이 전달된다.

멋지다— 나는 그렇게 생각했다. 분명 이런 사람이 라이브온과 같은 오디션에 합격하여 빛나는 스타가 되는 거라고, 납득하게 된다.

"아와유키 쨩은? 어째서 VTuber가 되려고 했어?"

"저 말인가요?"

"응. 혹시 그것에 합격한 비밀이 숨어 있을지도 모르잖아?"

"저는……."

그에 비해 나는, 아무리 생각을 해봐도 여러 생각이 마구 뒤섞여서 하나의 정답에 도달하지 못한다.

지금도 생각하는 건데, 정말로 면접 때 나는 무슨 말을 했길래 면접관의 관심을 모았던 걸까?

생각이 안 나는 건 어쩔 수 없으니, 하다못해 질문에 대한 대답은 어떻게 짜냈다.

그 결과 나온 것이—

"인생이니까…… 일까요?"

"어? 뭐가? 클라으드 얘기야?"

참으로 장대한 이야기처럼 되어 버렸다.

그렇지만, 어쩔 수 없잖아! 가혹한 샐러리맨 생활에 구원받은 것도 V 덕분이었고, 구원의 손길을 뻗어준 것도 V였고. 문자 그대로 이제부터는 목숨을 걸고 열심히 해야겠다고 생각해서, 결과적으로 이것밖에 할 말이 없었다구!

"아와유키 쨩 말이야, 사실은 어마어마한 경력이라도 있는 거야? 나, 걱정되는데……. 무슨 고민이라도 있어?"

"아, 아뇨. 그 정도는 아니고요! 그리고 오늘의 본론은 일러스트니까요."

"아니. 나도 오늘은 한가하니까 얼마든지 통화가 길어져도 상관없어. 애초에 오늘이란 시간을 써서 동기랑 더 가까운 사이가 되고 싶을 정도야. 아와유키는 바빠?"

"저도 니트나 마찬가지니까 시간은 괜찮지만요. 하지만 남에게 이야기할 수준의 이야기도 아닌 것 같아서……."

"니트라니. 또 신경 쓰이는 워드가 나왔네. 말하기 싫으면 물론 안 해도 되지만, 내가 신경 쓰이니까 괜찮다면 나를 위해서 말해줄 수 없어?"

"……아, 알았어요."

딱히 숨겨두고 싶은 이야기도 아니니까, 나는 사회인 시절 이야기를 했다.

나는 상대방이 심각하게 생각하도록 만들면 미안하니까 자학을 섞으면서 담담하게 이야기를 했는데, 마시롱은 그런 나에게도 상냥하게 옆으로 다가오듯 이야기를 들어줬다. 아직도 나한테는 그 모습이 강하게 인상에 남아 있다.

그 덕분에 이야기가 끝날 무렵에는 자연스럽게 어조가 부드러워지고, 긴장도 상당히 풀렸던 것 같다. 마시롱은 정말로 이야기를 잘 들어준다.

"말해줘서 고마워. 이야기를 들어보니까 지금까지의 대

응도 납득이 되네."

"저기, 저 그렇게 부정적인 아우라 같은 걸 내고 있었어요?"

"대화하면서 과거에 무슨 일이 있었을 거라는 건 짐작했어. 사과하는 게 입버릇이 되어있었는걸."

"아……."

그 말을 듣고 나는 처음으로 깨달았다.

확실히 회사에 근무하던 때엔 사과를 하지 않은 날이 단 하루도 없었다. 말기에는 입을 열 때마다 사과의 말부터 했었다.

아마 이건 트라우마란 것이고, 당시의 나는 이것이 원인이 되어 네거티브 사고를 떨쳐내지 못하고 있었다. 회사를 관두고 해방된 기분이었지만, 나도 모르게 성가신 후유증을 앓고 있었던 거다.

"하지만, 그렇기에 이제부터가 좋은 거잖아?"

"네?"

"괴로운 일이 있었던 만큼, 분명히 그다음의 행복은 더 빛날 거야. 지금 아와유키 쨩은 VTuber로서 첫걸음을 내딛었어. 인생에 반격의 신호탄을 쏜 거지."

"그런…… 걸까요?"

"이제부터 누구보다도 행복한 사람이 돼서, 멋지게 보여 주자고! 그리고 있지. 언젠가 사과보다 먼저 이름을 당당하게 말할 수 있는, 그런 빛나는 사람이 되자! 아와유키에겐 그 티켓이 있어. 이제는 하기만 하면 돼!"

"어, 어어, 어떤지 갑자기 뜨거운 캐릭터가 됐네요?"

"행복의 행(幸) 자가, 어째서 괴로울 신(辛) 자에 선 하나를 더한 형태인지 알고 있어? 그건 말이야, 행복은 괴로운 일 위에서 성립되기 때문이야."

"그런가요? 심오하네요……."

"뭐, 내가 지금 막 생각한 거지만."

"에엑?!"

"나는 말이야, 노력하는 사람이 좋아."

"……엇?"

마시롱이 갑자기 캐릭터 붕괴를 일으켜 나는 살짝 당황했지만, 조용하게 내뱉은 그녀의 마지막 말이 그 당황마저 날려버렸다.

왜냐면 그 음색이…… 너무나도 상냥했으니까.

"괴로운 일이 있어도, 그걸 극복하려고 하는 사람. 뭔가를 바꾸려고 하는 사람을 보면, 응원하고 싶어져."

"마시로……."

"아와유키 쨩이 노력하려고 하는 한, 나는 줄곧 네 편이야. 약속할게."

지금까지 이 말을 잊은 적이 없다. 틀림없이 나는 이 말에 구원을 받았다.

이제부터 라이버 활동을 죽을 각오로 열심히 하고자 생

각했다. 그래도 이때까지 그 결심은 고독한 것이었다.

하지만 앞으로는 곁에서 지켜봐 주고 지탱해주는 동기가 있다. 그 든든함과 따스함은 부정적인 트라우마로 싸늘하게 식은 내 얼음 같은 마음을 녹여주기 시작했다.

"······아직 앞으로의 일은 아무것도 알 수 없지만······. 그래도, 무슨 일이 있어도 마음이 꺾이지 않는 각오로 힘낼게요."

"응. 그러면 일단 오늘 본론부터 정리하자. 이 일러스트의 러프 말인데—."

이것이 내 소중한 친구와 강렬한 첫 대면이었다.

"······어쩐지 엄청 부끄러운데, 이 분위기 어떡할 거야?"

그리고 회상이 끝난 지금 현재, 마시롱은 참으로 낯간지러운 기색으로 원망스럽게 말했다.

오오오, 쑥스러워하는 모습도 귀여운 녀석이구만!

"에에~? 괜찮지 않아요~? 자, 『아와유키 짱이 노력하려고 하는 한, 나는 줄곧 네 편이야. 약속할게』라는 말. 다시 한번 듣고 싶네요오. 자, 말해보렴? 나는 아와 짱이 너무 좋다고 말해보렴?"

"문맥조차 이상하잖아. 이럴 땐 말 안 할 거야, 바~보."

"오, 그러면 이럴 때가 아니라 제가 정말로 풀이 죽었을 때는 말해주는 건가요~?"

"음, 말해야 한다고 생각할 때는 할 거야."

"헤으엑? 어, 마, 말을 해주는 건가요? 아, 아하하하, 저, 저도 부끄럽네요~."

"응~? 무슨 이상한 소리를 내는 거야? 아와 쨩은 쑥스럽쟁이라 귀여우찌네요~."

"이, 이 녀석! 속였구나! 내 순정을 배신했구나?! 정말 지독한 사람이네요~. 제가 풀이 죽었을 때는 정말로 말해 줄 거라고 생각해서 기뻤는데~."

"아, 그건 물론 할 거야."

"하우아아아아아아아아아??!!"

"후훗~."

소악마 마시롱을 상대로 우위를 차지하는 건, 미숙한 저에겐 아직 어려웠던 모양입니다. 솔직히 가슴이 엄청 뛰었어요……

제2장

뉴스 라이브온

"아, 마지막으로 보고드릴 게 있어요. 시온 씨가 슈와 쨩과 콜라보를 하고 싶다고 합니다."

"어?! 정말로요?!"

매니저인 스즈키 씨와 전화로 업무 연락이나 다음 방송에 대한 의논을 하고 있었는데, 전화 마지막에 갑자기 그런 말을 들어 버렸다.

게다가 무려 아와 쨩이 아니라 슈와 쨩을 희망하신다는 말씀! 성실해서 마음고생을 하는 인상이 강한 시온 선배니까, 예상 밖이라고 말할 수밖에 없다.

"뭔가 저랑 하고 싶은 게 있으신 느낌일까요?"

"아무래도『뉴스 라이브온』에 게스트로서 슈와 쨩이 나와줬으면 하는 것 같아요."

"진짜요?!"

뉴스 라이브온—. 그것은 시온 선배의 레귤러 기획 중하나이며, 최근에는 그녀의 대명사 같은 존재가 되고 있는 방송이다.

기획 내용은 시온 선배가 직접 짠 것이며, 매주 일요일 밤에 그 주에 일어난 라이버들의 명장면을 뉴스 형식으로 소개하는 것이다.

우리 3기생이 들어왔을 무렵부터 기획이 시작되었고, 시온 선배의 경쾌한 받아치기나 빠른 템포가 화제가 되어 순식간에 인기 코너가 됐다.

가끔 게스트로 다양한 라이버가 등장하는 것으로도 유명하지만, 본래 시온 선배가 완전히 혼자서 할 예정이었다고 한다.

그 증거로 처음에는 카탓타에서 세이 님에게 「솔로 기획이 생겼어요~! 좋겠지이~!」라면서 약을 올렸는데, 아무래도 혼자서는 쓸쓸했는지 제4회 즈음에서 세이 님이 게스트로 등장했었다.

시온 마마 귀여워! 최고다~!

설마 그 기획에 초청을 받을 줄이야…….

"콜라보 정도라면 당사자들끼리 대화를 해도 괜찮은데, 일부러 매니저인 저를 통해서 연락하는 게 성실한 시온 씨답네요. 그리고 하고 싶은 게 있어서 오프 콜라보를 희망하신다고 해요."

"오, 오프라고요?!"

"네. 『괜찮으면 우리 집에서 술이라도 마시지 않을래요?』라고 하셨어요."

—모르겠어! 아무리 생각해도 시온 선배의 의도를 모르

겠어!!

"어쩔래요? 받아들이실래요?"

"그럼요! 나가요! 거절할 리가 없죠!"

분명히 의문스러운 점이 많지만, 너무나도 영광스러운 초청이다. 이걸 거절하는 건 평생의 수치!

마음을 단단히 먹고 출연해야지.

"알겠습니다, 시온 씨에게 전달할게요. 나중에 시온 씨가 약속 장소 등을 DM으로 보낼 테니까, 놓치지 마세요."

"네!"

그리고 당일—.

"잘 왔어~! 괜찮았어? 길은 안 잃었어?"

"아, 아뇨! 완전 괜찮았어요!"

스스로도 알 수 있을 만큼 뻣뻣하게 긴장을 하면서 조금 흔들리는 전차를 타고, 드디어 시온 선배의 집에 도착했다.

역시 동경하는 분과 만난다는 건 가슴이 설레는 일이다. 게다가 전에 한 번 만난 적이 있지만 그때는 세이 님이 옆에 있었으니까. 단둘이 만나는 건 이게 처음이다.

더욱이 시온 선배가 사는 이 훌륭한 맨션을 보라고. 놀랍게도 이 넓은 집에서 혼자 산다고 한다.

벌써 입안이 바짝 마르기 시작했어요.

"마실 거 내올 테니까 적당히 아무데나 앉아 있어! 자기 집처럼 생각하고 편하게!"

"아, 네⋯⋯."

어수선하게 부엌으로 달려가는 시온 선배.

당연히 나는 편하게 쉬긴커녕, 등을 쭉 펴고 있었다.

방송 시작까지 앞으로 2시간 정도 있으니까, 그때까지 방송 내용을 의논할 예정이었다.

아니 근데, 엄청 좋은 냄새가 나네. 아로마 같은 걸 피우시나?

방도 넓은데 빛이 날 정도로 깨끗하고, 정리정돈도 완벽하다.

"⋯⋯응?"

너무나도 높은 생활력에 감탄하면서 방 안을 바라보고 있었는데, 어느 책장 하나에 시선이 빨려 들어갔다.

책장 자체는 평범한 목제인데, 꽂혀있는 책이 신경 쓰였다.

【아기를 잘 키우는 법】

【베테랑 엄마들에게 듣는 육아의 요령】

【아기와 놀자!】

【아기의 시점에 서보자! 육아대백과!】

【사실 아기는 이렇게 생각한다! 시점을 바꿔서 쭉 느는 육아!】

⋯⋯이런 식으로 비슷한 취지의 책이 산더미처럼 책장에

수납되어 있었다.

이 순간! 아와유키에게 전류가 흘렀다!

아, 이거 백 퍼센트 위험하다.

"어라~? 왜 그래? 아와 쨩."

"시, 시온 선배? 대체 뭘 들고 계시는 건지?"

등 뒤에서 들린 목소리에 곧장 돌아보자, 그곳에 분명히 『마실 것』을 든 시온 선배가 서 있었다.

문제는 마실 것이 든 용기였다. 병에 여성의 유두 같은 멋진 썸씽이 붙어 있는 물건. 그것은 틀림없이—

"아~ 이거? 물론 스트제로가 든 젖병이지."

당연하다는 듯 설명하는 시온 선배에게서 신기하게도 알 수 없는 압력이 느껴졌다.

"그, 그걸 뭐에 쓰시려는 건가요? ……아, 알았다! 언제나 시온 선배를 휘두르는 세이 님의 엉덩이 구멍에 푹 쑤셔 박는 거군요!"

"아~니? 이건 이제부터 아와 쨩의, 지금 말하고 있는 어른스럽고 윤기 나는 그 입에 쑤셔 박는 거야."

그렇겠죠~!

그렇겠죠~는 개뿔!! 분명히 이상하지만, 흐름을 봐서 이렇게 되리라는 건 젖병을 본 시점에서 짐작하고 있었다.

그렇지만, 어째서?! 그 시온 선배가 어째서 갑자기 이런 폭거를?!

 "전에 방송하면서 약속했었지? 젖병으로 스트제로를 마신다고. 설마…… 안 마실 거야?"

 "아…… 아니, 저는 뭐 괜찮은데……. 왜 갑자기 그렇게 의욕적인 건가요?!"

 "나 말이야. 요번에 4기생들을 봤을 때 깨달았어."

 "어…… 어어? 뭐, 뭘 말인가요?"

 "나, 전에는 내가 지금 이대로 괜찮은 걸까? 임팩트가 없는 걸까? 그렇게 생각한 적이 있었어. 그런데 번거로우면서도 귀여운 애들의 모습을 보고, 드디어 내 진짜 바람을 깨달았어. 아아, 나는 모두의 마마가 되고 싶었구나. 분명히 이게 라이브온이 나를 채용한 이유이기도 할 거야."

 "…………."

 머리를 전력으로 풀 회전 시킨다.

 이건 그러니까, 그건가? 4기생이 위험한 녀석들만 모여 있는 탓에, 드디어 시온 선배마저 브레이크가 고장 나버린 건가?!

 그리고 시온 선배의 내면에 잠들어 있던 것— 그것은 분명 모성이다.

 안 그래도 어머니와 같은 따스함을 가지고 있던 시온 선배였다. 하지만 지금은 그 따스함에 리미터가 작동하지 않게 되어버렸다, 뭐 그런 건가?!

"내가 자~알 돌봐줄게. 그러니까 스트제로, 마실까?"

"그렇군요, 알겠어요. 제가 스트제로를 마시는 건 좋아요. 애초에 절대로 싫어하진 않으니까요. 리스너들 앞에서 말했으니까 공약은 지키겠습니다! 하지만 시온 선배는 어쩔 건가요? 집에서 술이라도 마시지 않을래요, 라고 했었죠?"

"나는 안 마셔~. 내가 취해 버리면 나중에 있을 뉴스 라이브온이 붕괴해버리는걸!"

아아, 그런가. 확실히 본인이 마신단 소리는 처음부터 한마디도 안 했었지. 그러니까 모두 시온 선배의 계획대로란 거구나.

"자, 무릎 베개를 해줄 테니까 이리 오렴?"

"네……."

"아, 리스너들한테도 카탓타로 알려야 하니까 음성 녹음할게?"

"아흑~!"

나는 운명을 받아들였다―.

"네에~ 참 잘했쪄요~! 다음은 이걸 카탓타에 얍~."

"응애~."

: ?!

: 어, 뭐 하는 거냐…… 시온 마마?

: 갑자기 이상성욕 플레이 장면을 폭로당해 격한 착란 상

태에 빠졌습니다. 뭐가 뭔지 모르겠어서 일단 팬티부터 벗었습니다.

: 어떤 때라도 성욕에 충실한 수컷의 귀감이군.

: 아와 쨩의 목소리가 절망한 톤에서 점점 스트제로가 도는지 황홀한 모드로 변하는 거 진짜 돌겠네.

: 아니, 황홀한 걸 따지면 시온 마마가 굉장하지. 완전히 어머니의 목소리야. 젖을 물리고 있을 때의 나 같더라.

: 갑자기 지저분하게 보이니까 관둬.

: 이것이 그렇게 찌찌(마마)가 된다는 건가. 상영회 잘 봤습니다.

: 젖병이 딸린 스트제로, 발매 불가피

: 그 라이브온의 유일한 상식인이었던 시온 마마의 신상에 무슨 일이……?

게시글은 공포마저 느낄 기세로 퍼졌고, 방송 채팅창을 방불케 하는 속도로 답글이 달렸다.

그렇게 시온 선배는 기존에 있던「분위기를 완벽하게 읽어내 적절한 태클과 진행을 하는 능력」에 더해서,「모성이 대폭발하여 모두의 마마가 됐다」는 강렬한 캐릭터를 얻게 되어 더욱이 승화?를 이루했다.

그다음에도 내가 스스로 일어서려고 하면 「어? 아기가 어째서 두 발로 서는 거야? 응? 그러면 안 되지, 인류로서」 라며 나를 엎드려 기게 했고, 말을 하려고 하면 「문명을 건드리면 안 돼. 그렇게 성대가 발달한 아기는 존재하지 않아요」라는 부조리한 말을 듣는 시간이 이어졌다.

이윽고 내가 완전히 맘마(스트제로맛)로 얼큰해진 참에 맞이한 방송 시간. 아까 전 카탓타의 영향을 받아 채팅창이 기대와 당황이 뒤섞인 기이한 양상을 이루고 있는 가운데, 마침내 방송이 시작되었다.

"콘미코~! 모두의 마마, 카미나리 시온이야~! 이번 주도 뉴스 라이브온이 찾아왔어! 그리고 무려 이번에는 게스트로 슈와 쨩이 와줬습니다!"

"푸슉! 세끼 밥과 여자와 스트제로가 좋다. 슈와 쨩이드아~!"

"세끼 밥『보다』가 아니구나?"

"밥도 여자도 술도 모두 너무 좋아. 하나가 아니라 모두 손에 넣는 것이 슈와 쨩이다."

"어른이 된 통ㅇ이 같은 말을 하기 시작해서 조금 불안해졌지만, 각오하고서 첫 뉴스를 가보자!"

: 좋았어, 가자!

: 삶의 보람입니다.

: 현실에서 말하면 즉시 인생 종료 수준인 자기소개ㅋㅋ

: 이것이 진정한 리얼 타임 어택이군.

: 누가 재밌는 말장난 하라고 했냐고ㅋㅋ

: 퉁○이보다, 모 해적 만화의 등장 캐릭터가 말할 것 같은데.

: 내 스트제로? 원한다면 주도록 하지. 잘 찾아봐. 이 세상 전부를 그곳에 두고 왔으니까.

: 민폐니까 돌려주고 오셔요.

: 처음 보러 사람에게 좋은 걸 알려주마. 이 두 사람은 아까 젖병에 스트제로를 담아서 유아 플레이를 했다.

: ㅋㅋㅋ

: 자기가 한 말은 지키는 여자들. 역시 대단해.

: ㄹㅇㅋㅋ 그거 시온 마마가 너무 진심이라 공포마저 느꼈다.

: 찐 마마 모드가 되어 있던데?

: 슈와 쨩이 조금이라도 말을 하려고 하면 젖병을 쑤셔 박아서 입을 막아버린 건 정말로 웃음밖에 안 나오더라.

: 전에 카탓타에서 『지금 깨달았어요. 모두의 마마는 저였던 거군요!』라고 했었지. 뭔가에 눈을 떴나?

: 상식인 포지션이 망가졌다!

"일단 첫 뉴스는 이것, 『아사기리 하레루, 가챠를 돌리다가 침팬지가 되다』입니다!"

"하레루 선배는 여전히 머릿속 나사가 날아가 있네요."

"슈와 쨩. 그건 완전히 부메랑인거 알고 있지?"

"신나서 젖병을 제 입에 쑤셔 박은 시온 마마가 할 말은 아닌드에?"

"다음에는 기저귀도 준비할까?"

"좋아, 다음으로 가즈아~!"

: 이 흐름 뭐야ㅋㅋ

: 시온 마마, 혼신의 찐톤!

: 위압감을 느꼈다. 최고야.

: 뉴스 제목만 봐도 웃겨 죽는다.

: 뭐, 그 방송은 여기 올라올 만하지.

"어, 상황을 설명하자면……. 하레루 선배가 방송하고 있던 대인기 아이돌 프로듀스 게임 『아이돌 라이브』 약칭 『아이라브』에서, 가챠를 완전히 폭사한 나머지 거동이 수상해지더니 혀로 가챠를 돌리거나 유두로 가챠를 돌리다 끝에는 사타구니로 가챠를 돌리는 기행을 저질렀다고 합니다. 천장이 아슬아슬할 정도로 과금한 끝에 경사스럽게 최애 캐릭터를 뽑은 순간, 원숭이 같은 기성과 함께 방 안에서 날뛰어버렸다고 하네요."

"호오오."

"그러면 하레루 선배의 실제 방송 장면을 일부 잘라낸 VTR, 바로 보시죠!"

『첫 10연 돌린다! 뭐, 이걸로 뜨겠지~! 캐릭터에 나만큼 큰 사랑을 바치고 있으면 그쪽에서 찾아와주는 법이야……. 안 나왔네……. 음, 내 경우 처음 10연은 놀이니까!』

『이제 슬슬 와줘도 되는데~ 낼름낼름낼름.』

『이제부터 유두로 뽑을 거야. 아아, 느껴져. 운명력이 유륜에서 유두로 집중되는 것이 느껴져!』

『다들 날 말리지마! 이제 나한테는 사타구니밖에 안 남았단 말이야! 닿아라! 나의 마음! 사타구니에서 그녀에게 닿아라아아!!』

『떴다아아아아!!!! 우꺄아아아아악!!!!』

"네. VTR은 여기까지. 이걸 보고 슈와 쨩은 어떻게 생각해?"

"일단 하레루 선배의 성분이 붙어있을 저 스마트폰을 사고 싶네요."

"엑?! 이렇게나 할 말이 산더미같은 뉴스에서 맨 먼저 나온 감상이 그거야?!"

"100만 정도까지는 낼 수 있는데요?"

"그런 문제가 아니고!"

: 다행이다. 시온 마마의 태클은 건재하군.

: 가끔씩 위압감이 나오는 느낌인가?

: 역시 시온 마마도 라이브온이었다는 거지.

"리스너들은 무슨 말을 하는 건가요? 저는 예나 지금이나 줄곧 태클을 거는 상식인이라구요!"

"조금이라도 심금이 울리면 아기가 되라고 말하니까 위험해."

"어라~? 왜 그렇게 이상한 말을 하는 걸까, 슈와 쨩? 이건 1부터…… 아니 0부터 내가 재교육을 해주는 수밖에 없어 보이네?"

"아아~. 이 나이에 아기부터 다시 하는 건 좀 힘들어요."

"무슨 말이야? 내 몸속에 깃드는 것부터 시작인걸?"

"흐에엑?! 0부터라는 게 그런 의미인가요?! 너무 예상 밖이라서 이상한 소리가 나왔어요!"

"낳게 해줄래?"

"어, 이 정체 모를 공포는 대체 뭐지? 이 나이에 미지의 감각과 만날 줄은 몰랐어요."

: 무셔워어어!

: 이건 라이브온의 호러 포지션…….

: 슈와 쨩이 태클 역할을 하게 된다……고?!

: 시온 마마 최강설이 도래했다.

: 대체 무슨 기준으로 강함을 재는 건진 도통 모르겠지만.

"뭐 탈선은 요 정도만 하고, 이제 다음 뉴스로 간다~!"

"그러면, 다음 뉴스는 이것! 『마츠리야 히카리, 짱 매운 야키소바 빨리 먹기 스피드런으로 2분 30초의 기록을 내다!』"

"호오오~."

"이것도 실제 VTR을 보시죠!"

『오늘의 히카리는 질 생각이 안 들어. 왜냐고? 어느 불꽃 형님에게 용기를 받았거든.』

『야키소바의 매움이나 갈증이 아무리 온몸을 짓눌러도, 마음을 불태워라. 이를 악물고 젓가락을 들어라. 히카리가 발을 멈추고 몸을 웅크려도 흐르는 시간은 멈춰주지 않는다. 야키소바의 양은 줄지 않는다.』

『호흡하는 방법이 있단다. 아무리 매워도 견딜 수 있는 호흡법─크하아아! 콜록! 켈록!』

『잘 먹어쭙미다……. 훌쩍, 마, 마시써써요……. 이, 이 눈물은 좋은 기록이 나와서 그런 거지, 결코 매워서 그런 게 아니에요!』

"자, 여기까지! 슈와 쨩, 여기까지 VTR을 보고 어떻게 생각했어?"

"차분하게 먹으면 될 거라고 생각해요."

"슈와 쨩, 모든 스피드런의 존재가치를 없애버리는 코멘트는 그만두세요."

: 세상에서 가장 야키소바와 진심으로 맞선 여자.

: M의 호흡인가?

: 『히이익!』 같은 느낌의 호흡일 거야 분명히.

: 히카리 쨩은 역시 멍청한 매력의 귀요미지.

: 내 말이.

"아하핫, 아무리 그래도 농담이죠! 그건 그렇고 히카리 쨩, 모 혈귀 퇴치 극장판을 보러 간 게 틀림없어요. 완전히 영향을 받아선……. 마지막에는 호흡법이라고 말해놓곤 매운 맛에 참패했고……."

"그야, 그렇게 올곧고 솔직한 부분이 히카리 쨩의 매력이니까!"

"그건 완전히 동의해요. 『잘 먹었습니다』까지 말했으니까 장해! 마마가 되고 싶어!"

"옹? 무슨 말을 하는 거니, 슈와 쨩? 히카리 쨩의 마마는 바로 나, 카미나리 시온인걸?"

"오옹? 이쪽은 히카리로 몇 발은 뽑은 인재걸랑요? 저 코코로네 아와유키야말로 히카리 쨩의 마마에 걸맞아요."

"오오옹? 슈와 쨩은 동기지만 나는 선배거든? 따라서 소거법으로 마마는 내가 되지 않을까?"

"오오오옹? 연하나 동갑 마마가 얼마나 근사한지 이해하지 못하시다니, 마마력이 쇠하신 게 아닌가요? 시·온·선·배?"

"오오오오옹? 마마를 도발하다니. 기개가 좋은 걸, 슈와 쨩?"

"오오오오오옹? 권력을 행사하시다니. 이런이런, 시온 마마야말로 꼰대의 호흡이라도 습득하신 건가요?"

"……이건 어느 쪽이 진짜 마마인지 결판을 낼 필요가 있 겠는걸."

"완전히 동의해요. 이번에는 공평하게 히카리 쨩 본인한 테 판정을 해달라고 하죠. 지금부터 전화 걸게요."

"절대 안 져!"

: 이 녀석들은 어째서 멋대로 남의 친권을 가지고 다투는 거지?(엄청 당황)

: 슈와 쨩, 진짜 마마는 딸로 딸을 치지 않거든.

: 슈와 쨩, 제대로 된 말을 하는 것 같지만 하나도 마마의 근거로 성립이 안 돼서 어이없음ㅋ

: 기세로 억지 논리를 얼버무리지 말라고ㅋㅋ

『아, 여보세요! 갑자기 무슨 일이야, 슈와 쨩? 지금 뉴스 라이브온에 나오는 중 아니었어?』

"갑자기 연락해서 미안해. 꼭 물어봐야 할 게 있거든. 나 랑 시온 마마, 어느 쪽이 네 자궁에 두근거려?"

『어? 아, 응??』

"슈와 쨩, 첫마디부터 그게 무슨 말이니!"

『아, 역시 시온 선배도 있었네요! 어, 그러면 혹시 히카리, 지금 뉴스 라이브온에 출연하고 있는 건가요?! 아싸아아!!』

"맞아, 정말로 갑자기 전화 걸어서 미안해. 히카리 쨩에게 물어보고 싶은 게 있어서."

『오, 시온 선배도인가요? 뭔데요뭔데요?』

"나랑 슈와 쨩, 어느 쪽 자궁에서 태어나고 싶어?"

『……으응? 어라? 혹시 회선이 안 좋은 걸까요? 말하는 의미를 이해할 수가 없어서…….』

: 이 녀석들, 안 되겠어. 빨리 어떻게든 하지 않으면…….

: ㅋㅋㅋㅋㅋ ¥2,000

: 태클 역할 부재의 공포

: 히카리 쨩, 이런 거 둔하니까 찐으로 당황했네ㅋㅋ

: 어째서 이 녀석들은 자궁으로 우열을 가리는 건데?

『이해는 잘 안 되지만, 히카리는 두 사람 다 엄청 좋아해!』

""헉?!""

히카리 쨩의 그 곧은 말을 들은 나는, 마치 깊은 잠에서 눈을 뜬 것 같았다.

어째서 나는 누가 제일이다 같은 좁은 고정관념에 얽매여 있었던 걸까? 창피한 줄 알아야지.

아마 시온 마마도 같은 생각을 했겠지. 둘이서 나란히 앉아 잠시 서로를 바라보다가, 동시에 고개를 끄덕였다.

""고마워, 히카리 쨩! 덕분에 눈을 떴어!""

『어, 응? 그러면 다행이네. ……그래서 무슨 이야기였지?』

: 얘들 진짜 사이좋네.

: 최고다.

: 뇌를 빼놓고 행동하는 거냐고ㅋㅋ

"그러면, 다음으로 마지막 뉴스! 유종의 미를 거두는 건~ 이것!『야마타니 카에루, 첫 방송에서 BAN 당할 뻔하다!』"

"호오오~."

"사건의 개요를 설명할게! 이 세상에서 가장 맛있는 쪽쪽이를 찾자는 주제로 동서고금의 갖가지 쪽쪽이를 빨아보는 도중, 아무래도 소리가 완전히 아웃이었던 모양이야."

"야마타니 카에루 씨는 머릿속을 BAN하는 편이 좋지 않을까요?"

"그…… 그건, 뭐! 시청자들이 전력으로 말린 덕에 정말로 BAN 당하지는 않았던 모양이야!"

"그래도 첫 방송에서 그건 위험하네요. 저조차도 사고 치기까지 3개월은 버텼거든요?"

"그건 음, 확실히 동의해. 자기 채널을 만든 첫날의 기념적인 첫 방송에서 BAN을 당한다면 그건 그것대로 전설이니까."

: 조금 전부터 진짜라고 생각하기 어려운 뉴스들 뿐임ㅋㅋ 여기 일본 맞지?

: 카에루 쨩은 위험한 매력의 귀요미.

: 위험할 정도로 귀여워서?

: 그게 아니고, 머릿속이 위험해서 귀엽다고.

: ㅋㅋㅋㅋ

"VTR을 켤 건데, 나도 BAN 당하고 싶지 않으니까 중요한 부분의 음성은 잘라냈어요. 죄송합니다⋯⋯."

"쪽쪽이 타락 부분이군요."

"이상한 단어 만들지 마! 어감이 뭔가 위험하잖아! 자, VTR 얼른 간다!"

"네~에, 마마."

『아~아~, 리스너 마마 여러분 하우두유두~? 맘마통 좋아하는 카에루입니다.』

『이번에는 지고의 쪽쪽이를 찾아 하염없이 쪽쪽해 보려고 생각합니다. 왜냐하면 카에루는 아기니까요.』

『이건⋯⋯ 앞니랑 궁합이 나빠요⋯⋯. 호오, 이건 제법입니다.』

『결론적으로 어른은 술과 함께 닭날개라도 빠는 게 제일 행복할 것이라고 생각했습니다. 하지만 카에루는 쪽쪽이를 계속 빨 겁니다. 왜냐하면 카에루는 아기니까요.』

"자, 여기서 끝! 지금 VTR에 대해서 슈와 쨩은 어떻게 생각해?"

"제 쪽쪽이(의미심장)를 빨아주면 좋겠어요."

"슈와 쨩은 그런 거 안 달려 있잖아⋯⋯."

"그러면 반대로, 시온 마마는 카에루의 VTR을 보고 어떻게 생각하세요?"

"시온 마마의 여기, 비어 있어요."

"배를 쓰다듬는 걸 보니까 시온 마마도 보통은 아니시네요."

: 비어 있는 정도가 아니라 빨아들일 것 같음.

: 슈와 쨩은 섹세이 님과 함께 라이브온의 금태양 역할이라고 들었는데?

: 저번 방송 때문에 완벽하게 이미지가 굳어버린 거냐고ㅋㅋ

: 근데 첫 방송의 인사가 하우두유두인 거 실화냐?

"그건 그렇고, 정말로 굉장한 임팩트가 강한 아이네요. 다우너한 느낌인데 당연한 것처럼 위험한 일들만 하거나, 자신만만하게 아기 선언도 하고."

"아니 그런데 사실, 요즘 카에루 쨩이 엄청 착한 아이란 의혹이 돌고 있거든?"

"어, 정말이요?"

"응. 이야기에 따르면 카탓타에서도 리스너들에게 가볍게 다가가기도 하고, 팬아트를 받으면 한 명 한 명에게 정중하게 감사의 답변을 적기도 한대."

"호오~."

: 맞지맞지. 나도 답장 받았지롱.

: 빈말로도 잘 그렸다고 할 수 없는 일러스트를 그렸을 뿐인데 장문으로 감사의 말을 받아서 눈물이 나왔다구요.

: 그리고 에고 서핑 빈도가 위험해. 자신에 관한 카탓타를 모두 파악하는 수준.

: 방송 시간 말고는 모두 카탓타 보는 데 쓸 것 같다.

: 카탓타 폐인이잖아 ㅋㅋㅋ

솔직히 좀 의외다. 사람은 겉모습으로 판단할 수 없는 법이네.

이건 역시 그녀도 어른이라는 건가? 아기지만.

"하지만 취직활동이나 취직 이야기가 나왔을 때는 엄청 질색하는 것 같아."

"아, 그건 여전하네요……."

자기소개 때도 생각했지만, 거부반응이 너무 드라마틱해. 혹시 나랑 동족인가?

그렇다면 조금 정도는 그녀의 이야기를 이해해줄 수 있을지도 모른다.

의문스러운 점이 많은 애지만, 라이브온이 채용했다면 분명히 유쾌한 사람이리라 믿는다.

응, 다음에 기회가 있으면 대화를 해보고 싶네!

"그러면, 아쉽지만 이번 주의 뉴스 라이브온은 여기서 끝입니다! 슈와 쨩, 오늘 와줘서 고마워~!"

"아뇨. 이쪽이야말로 영광이었어요!"

이걸로 방송은 끝! 정말로 즐거운 시간은 순식간이네.

시온 마마의 이 기획 능력이나 진행 템포는 정말로 존경스럽단 말밖에 안 나온다.

나도 힘내야지!

그리고 방송을 끝낸 뒤, 놀랍게도 시온 마마한테 「아, 기왕 왔으니까 슈와 쨩, 같이 목욕할래?」라는 꿈만 같은 권유를 받았습니다!

"할래~!!"

내 등을 씻어주고 머리도 감겨줬지롱. 역시 시온 마마는 최고다! ……방송 전에 폭주하지만 않았다면.

"아."

"응? 왜 그래요? 시온 마마."

머리를 말려주고 있던 도중에, 등 뒤의 시온 마마가 문득 뭔가를 깨달은 것처럼 소리를 냈다.

"아니, 오늘도 없었다고 생각해서."

"뭐가요?"

"아까 이야기했던 4기생의 카에루 쨩 말이야. 그 애는 자기 입으로 아기라고 할 정도니까 내 방송을 볼 법하지 않아? 그런데 한 번도 안 보였거든."

"분명히 있을 것 같은 사람이 없었네요. 오늘은 절호의 기회였고, 시온 마마랑 캐릭터적으로도 궁합이 좋을 것 같은데요."

"그치그치! 마마가 완전히 신경 쓰여서 먼저 말을 걸어볼까 망설일 정도야!"

"괜찮을 것 같아요. 불러봐요."

라이브온의 마마로서 당연히 그 자칭 아기는 내버려둘 수 없는 존재인 모양이다.

그러나, 신기하게도 내 의견에 시온 마마는 어쩐지 고민이 담긴 소리로 말했다.

"그게…… 그 애, 아직 한 번도 콜라보를 안 했거든. 그러긴커녕 동기의 방송에 나타나지도 않는대."

"어? ……앗, 그렇네요……."

그녀가 그 강렬한 캐릭터로 확고한 지위를 쌓기 시작한 건 알고 있지만, 여태까지 솔로 방송만 하고 누군가와 함께 뭔가 한다는 정보는 나도 듣지 못했다.

"동기하고도 콜라보가 아직인데 내가 나서는 것도 어쩐지 미안하단 생각이 들어서. 어쩌면 콜라보 기획이 거북한 걸지도 모르고."

"그렇네요……."

결국 그 날은 아직 데뷔한 지도 얼마 안 됐고, 힘든 일도 많을 테니까 조금 상태를 보자는 결론에 이르렀다.

그렇지만, 훗날 나는 이 의문에 대한 답을 설마 했던 형태로 알게 된다―.

마마 발견

오늘 나는 매달 그래왔듯 스즈키 씨와 만나기 위해, 라이브온 본사 사무소를 찾아왔다.

그건 그렇고, 오늘은 구름 한 점 없이 쾌청하다. 복도를 걸어가는 몸도 기분 탓인지 가벼운 것이 좋은 일이라도 일어날 법한 날이다. 용기를 내서 평소에는 안 하는 일이라도 해볼까?

그래. 예를 들어서 눈앞에 있는 여자처럼 복도에 쓰러져 본다거나……

—응? 복도에 쓰러진 사람……이라고?

엑??!!

"자, 잠깐?! 괜찮아요?! 의식 있나요?!"

"발걸음을 멈추지 말라고……."

"아니, 이걸 보면 멈추지! 무슨 철혈의 단장[22] 같은 말을 하는 건가요!"

"죄송합니다……. 안에 보이는 휴게실…… 거기까지 부축해주실 수 있을까요?"

"알았어요. 하지만 쓰러지시다니, 몸 상태가 많이 안 좋은 건가요?"

#22 철혈의 단장 TV 애니메이션 「기동전사 건담 철혈의 오펀스」의 등장인물. 「올가 이츠카」. 그가 괴한의 습격을 당해 최후를 맞이하는 에피소드에서, 길바닥에 쓰러진 그가 「멈추지 말라고……」라고 말하는 장면이 인터넷에서 큰 인기를 끌며 수많은 패러디가 탄생했다.

"아뇨. 몸 상태가 아니라…… 트라우마가 좀……."

"트라우마?"

"네, 사실은……."

"정말 고맙습니다. 드디어 좀 진정됐어요. 번거롭게 해드려서 정말 죄송합니다……."

"아뇨. 쓰러진 사람이 있으면 당연히 도와야죠. 하지만 정말로 병원에 안 가도 괜찮으시겠어요?"

"네. 조금 흑역사가 되살아나버린 것뿐이니까요."

쓰러진 그녀를 휴게실에 눕힌 다음, 스즈키 씨에게 무슨 일이 있었는지 보고했다. 일단 그녀와 만나는 시간은 조정하기로 했다.

게다가 놀라운 사실이 판명됐다. 휴게실에 도착하는 동안 가볍게 본인한테 사정을 듣고 스즈키 씨에게도 확인을 해서 알게 된 건데, 놀랍게도 이 어른스럽고 섹시함이 넘치는 여성은 나와 같은 라이브온 소속의 VTuber인 모양이다.

이 분이 대체 누구인지보다 먼저 그녀의 경력을 설명하겠다. 듣자하니 이 분은 전에 만화가로 활동했던 모양인데, 몇 년 동안 일이 도무지 안 풀렸다고 한다. 그래서 더이상은 한계라고 느껴 취직을 하려고 결심을 했다는데, 신

입으로 맞이해주기에는 아무래도 연령이 높고 만화 외길의 지식밖에 없는 그녀를 채용해주는 회사는 없었다고 한다.

결국 어마어마한 횟수의 면접에 떨어지고, 끝끝내 취직 활동 자체에 몸이 거부반응을 일으키기 시작했다고 한다.

오늘도 나와 마찬가지로 미팅을 하러 찾아오기는 했는데, 사무소를 보고 취직 활동의 트라우마가 떠올라 버려서 「희망의 꽃~♪」[23] 상태가 되어 버렸다는 것이 일의 전말이었다.

자, 이 시점에서 짐작한 분도 많으리라.

그녀가 바로 4기생 중에서 가장 의문스러운 인물, 『야마타니 카에루』 본인이었다.

"매니저인 스즈키 씨한테 듣고서 깜짝 놀랐어요. VTuber셨군요."

"네. 예명 야마타니 카에루, 본명 『시노노메 카나데』라고 합니다. 매니저가 있다면, 설마 당신도……."

"절 알고 계신다면 좋겠네요. 코코로네 아와유키, 본명 타나카 유키입니다."

"엇?! 모, 모를 리가 없죠! 동경하는 대선배님께 이런 한심한 모습을……."

"아뇨, 저는 그렇게 거창한 사람이 아니에요."

---

[23] 희망의 꽃~♪ TV 애니메이션 「기동전사 건담 철혈의 오펀스」 2기의 엔딩 주제가, 「프리지어」의 한 구절. 작중 「올가 이츠카」가 최후를 맞이하는 장면에서 이 곡이 흘러나오는데, 해당 신이 각종 패러디로 쓰였던 만큼 이 곡 또한 밈의 일부로 사랑받았다.

"무슨 말씀이세요! 아와유키 선배라면 VTuber 중에서 가장 이름이 알려진 사람 중 한 명이잖아요! 지금 구름 위의 존재와 대화를 하고 있다고 생각하니까…… 심박수가 위험해져 버렸어요……."

"그, 그런가? 에헤, 에헤헤헤헤헤~."

아는 사람이 별로 없는 탓에 그런 이야기를 별로 듣지 못했기에 딱 잘라 말하는데, 나는 지금 완전 헤롱헤롱 상태다.

누가 봐도 나보다 연상인 분이 이런 말을 해주다니 조금 신기한 기분이지만, 기쁜 건 기쁜 거야! 잘 따라주는 후배 최고!

"선배시니까 존댓말 안 쓰셔도 괜찮아요."

"정말? 나 연하인데?"

"나이 같은 건 그냥 숫자니까요. 그리고 그게 카에루도 기뻐요."

"오, 자기를 카에루라고 부르는 걸 보니 스트리머 스위치가 켜졌어?"

"후훗, 콜라보하는 기분을 맛보고 싶어요."

연상에 걸맞은 말일지는 알 수 없지만, 기쁜 기색으로 말하는 모습은 대단히 귀여웠다.

"사무소에 처음 와 본 거야?"

"네. 저는 면접 방식도 특수했거든요……."

"특수?"

"서류 심사 단계에서 카에루의 사정을 이해해준 운영 측이 원격으로. 저와 비슷한 나이인 분이 친구처럼 친근한 느낌으로 면접을 봐주셨어요."

"유연하구만."

"정말 그래요. 그런 회사라서 오늘도 괜찮을 거라고 생각했는데…… 이제 익숙해졌으니까 다음부터는 아마 괜찮을 거예요……"

"아니, 신경 쓰지 마. 나도 조금 처지가 비슷한 부분이 있으니까 이해해."

그 뒤로는 동업자이기도 해서 이야기가 잘 통하기 시작하고, 그녀가 어떤 사람인지 조금씩 알게 되었다.

"어째서 VTuber가 되려고 한 거야?"

"아기가 될 수 있을 것 같아서요."

"엇—."

설정이라 생각했는데, 본심이었구나…….

"만화도 주인공이 아기 같은 작품만 그려서 자기투영을 했었어요. 등장인물이 전부 아기인 만화를 그렸을 때도 있었어요."

"그게 문제 아니었을까……"

게다가 후천적인 게 아니라 선천적인 거였냐고!

"하지만 지금은 자칭 아기인 위험한 녀석이라거나, 취직

거부반응녀라고 불리고 있지만요. 하하하!"

"아아, 그렇구나⋯⋯. 하지만 그건 괜찮아? 트라우마잖아."

"괜찮아요. 카에루가 거부반응을 일으킨다 = 개그가 된다 = 카에루의 인기가 오른다 = 취직과 멀어진다로 이어지니까 오히려 고마워요. 팍팍 놀려주면 좋겠어요."

"취직하지 않겠다는 근성이 굉장하네."

"문자 그대로 인생을 걸고 VTuber를 할 셈이니까요."

그렇구나. 분명 카에루 쨩은 별종이긴 해도, 굉장히 진지하게 무언가와 마주설 수 있는 사람이구나.

그건 그렇고 인생을 건다, 라⋯⋯ 역시 나랑 애는 닮은 것 같네. 아기라는 점은 절대로 제외하고 말이지만?

특히 옛날의 자신을 보고 있는 것 같아서, 아무래도 내버려둘 수가 없다.

"그러면 콜라보 같은 건 안 해?"

이건 전부터 엄청 신경 쓰였다. 나도 찾아봤는데, 시온 선배 말처럼 그녀는 지금까지 선배는커녕 동기와도 한 번도 콜라보를 한 적이 없었다.

점점 리스너들도 이것을 깨닫기 시작했는지, 요즘에는 카탓타에서 그다지 좋지 않은 화제가 퍼지기도 하는 모양이다.

"콜라보 하기 싫어?"

"아뇨. 하고 싶은 생각은 엄청 산더미 같은데요⋯⋯. 저는 굉장히 별종이잖아요? 콜라보 상대한테 폐를 끼치지 않을까 걱정이라."

조금 쓸쓸한 표정으로 말하는 카에루 쨩.

"그건 전혀 걱정 안 해도 돼!"

나는 그런 그녀의 불안 따위 날려버리고자 잘라 말했다.

"애당초 라이브온은 그렇게 물렁한 사람은 안 붙어. 네가 동경한다고 말한 건 술 마시고 캐릭터 붕괴해서 섹드립을 외쳐댄 나거든? 다들 카에루 쨩도 받아들여서 분위기를 띄워줄 거야!"

"그런…… 걸까요?"

"아직도 불안하다면, 그걸 증명하기 위해서 바로 나, 슈와 쨩이 최초의 콜라보 상대가 되어줄게!"

"저, 정말인가요?!"

"응! 라이브온이 얼마나 위험하지만 따뜻한 곳인지 몸소 가르쳐줄게! 그리고 더 인기를 얻어서 지금까지 카에루 쨩의 재능을 깨닫지 못한 녀석들의 눈을 휘둥그레 하게 만들어주자!"

……어쩐지 이것도 비슷한 말을 옛날에 들은 것 같아.

그때의 나는 기뻤지만, 좀 너무 선배 행세를 한 걸까?

뭐 콜라보에 관해서는 기뻐해주는 것 같으니 뭐 됐어!

"마마다—."

그런 생각을 하고 있던 탓에, 나는 그녀가 무언가 작게 중얼거린 것을 깨닫지 못하고 있었다—.

"평소보다 조금 이른 시간에 경쾌하게 등장! 100미터 앞에 떨어진 야생 소녀의 소리도 포착하는 여자, 스트제로맨!#24 빰 빠라~ 빰 빠밤! 빠람 빠라~!"

"리스너의 마마 여러분, 하우두유두~? 팸ㅇ스 기저귀에 완전진심, 야마타니 카에루입니다."

: 어, 이건 뭐야…….

: 자기소개만으로 전설 만들지 말라고ㅋㅋ

: 조합이 너무 예상 밖이라 깜놀함! ¥2,000

: 콜라보?! 카에루 쨩이 드디어?!

: 첫 콜라보잖아!!

: 그녀의 어둠이 너무 깊어 콜라보 NG일 거라고 했던 놈, 누구냐? 만 번 죽어 마땅하노라.

: 게다가 이 소리의 울림…… 혹시 오프 콜라보 아냐?

: 무슨 일이 일어난 거지…….

: 스트제로맨, 살아 있었던 거냐?!

: 어르신! 하늘에서 여자애가!

: 5초 안에 받아내라!

#24 스트제로맨! 1970년대, 미국의 마블 사와 일본의 토에이 사가 협업하여 제작된 특촬 드라마 「스파이더맨」의 테마곡. 거대 로봇이 등장하는 등 일본 특촬물 특유의 분위기가 특징이다. 스파이더맨이 등장할 때의 대사, 금관악기가 특징적인 테마곡, 연속된 다각도 카메라 앵글로 유명하다.

: 이미 낙하하고 있거든~.

: 100km 앞에 스트제로 캔이 떨어진 소리조차 포착할 것 같아.

: 애당초 야생 소녀는 뭔가요?

: 팸○스 기저귀에 완전진심이라는 건 또 뭐냐…….

: 둘 다 오늘을 지구 최후의 날로 착각하는 거 아닌가 싶은 자기소개네.

자자자! 돌발적인 콜라보가 결정된 우리들. 놀랍게도 날이 바뀌기 전에 오프 콜라보 결행입니다!

이게 전부 다 스즈키 씨 덕분이야! 콜라보가 정해졌다는 이야기를 들은 스즈키 씨의 배려로 방송 키트 한 세트를 빌려, 사무소의 빈 방에서 방송하게 되었다!

현재 시각은 19시 30분. 카에루 쨩과 함께 저녁 식사를 하고 스트제로를 빤 상태로 방송 시작이다!

그건 그렇고, 카에루 쨩은 놀랄 정도로 술이 강하네. 스트제로를 마셔도 평소와 전혀 다르지 않아.

본인 말로는 「아기니까요」라고 한다. 응. 의미를 전혀 모르겠어. 누구 해독해 줄 사람?

"그래서, 데뷔한지 얼마 안 된 카에루 쨩을 잘 모르는 사람도 있을지 모르니까, 일단 조금 인터뷰를 해도 될까?"

"인터뷰인가요? ……아아, 그렇군요. 알겠어요."

"고마워, 이름은 카에루구나. 우리 비디오에 나오는 건 처음이지?"

"그렇네요. 아직 신인이에요."

"긴장했어?"

"네, 조금요. 얼마 전까지 초보였으니까요."

"어째서 나올 생각이 들었어?"

"그게…… 사실 조금 흥미가 있었다고 할까요."

"아아, 그렇구나. 요즘에는 그런 애도 많아졌으니까! 괜찮아! 전부 이쪽에 맡기면 돼! 평소에 하는 것처럼 자연스런 느낌으로 하기만 해도 OK!"

"고맙습니다."

"저기, 그러면 다음 질문인데, (콜라보) 경험자 수 물어봐도 될까?"

"저기, 사실 아직 미체험이에요……."

"엇?! 그러면 (콜라보) 처녀란 거야?!"

"네, 이게 첫 경험이에요. 에헤헤."

"그러면 첫 출연에다가 첫 경험이구나! 이건 보통 일이 아냐!"

"부끄럽네요……."

"어, 그러면 스스로 (방송) 해본 적은 있어?"

"저기…… 가끔 있어요."

"오, 좋은걸. 뭔가 장난감 같은 거 쓰기도 해?"

"그렇네요. 쪽쪽이 같은 거 자주 써요."

"어? 그, 그래? 꽤 별나네……?"

"그야, 아기니까요."

"아, 그런 플레이를 좋아하는 느낌이구나! 이야~, 이 업계는 다양한 타입의 인재가 모이니까. 개성적이라 좋은걸!"

"고맙습니다! 열심히 할게요!"

: 야ㅋㅋㅋㅋ

: 완전히 AV 인터뷰잖아!

: 카에루 쨩의 이해가 너무 빨라.

: 직선적인 말로 시작해 굳이 흔들지 않고 자아내는, 참으로 탐미적이며 그윽한 대화로군!

: 둘 다 여자면서 어째서 그렇게 완벽한 대응이 되는 거야……?

: 보통 일이 아닌 건 방송 시작 1분 만에 이런 짓을 하는 너희들이다.

"그리하여 오늘은 라이브온의 사무소에서 우연히 만나 둘이서 오프 콜라보를 하게 됐습니다! 오늘은 잘 부탁해!"

"이쪽이야말로 잘 부탁드려요. 그러면 시작은 이 정도로 하고, 사실은 먼저 카에루가 리스너 마마들에게 말해둬야 할 것이 있어요."

"오?"

갑자기 뭐지? 이 흐름은 나도 예상하지 못했는데. 뭐, 방금 전의 인터뷰도 완전히 애드리브였지만.

"사실은— 카에루가 지금까지 찾아다니던 최애마마를 오늘 만나버렸어요. 바로 코코로네 아와유키 마마입니다."

"…………네?"

어, 갑자기 뭐야? 뭔데? 내가 최애마마라고 했어? 어, 최애마마란 건 애당초 뭐지?

: 엥?

: 어?

: 그러니까…… 뭔 소리인데?

: 슈와 쨩, 또 이상한 녀석한테 붙들렸구나…….

"이제부터는 경의를 담아 『마마』라고 부를까 합니다. 카에루는 찾아오는 마마를 마다하지 않지만, ○○마마가 아니라 마마라고 두 글자로만 부르는 건 앞으로 최애마마인 코코로네 아와유키 선배뿐이에요."

"어, 잠깐 기다려! 나도 모르는 사이에 애가 생겼는데?! 카에루 쨩, 어떻게 된 거야?!"

"오늘 카에루에게 인생이 바뀔 만큼 근사한 일이 있었어요—."

카에루는 오늘 사무소에서 쓰러졌던 참에 내가 도와준 것을 신이 난 음색으로 말하기 시작했다.

그것뿐이라면 전혀 문제없었는데, 위험한 건 나도 몰랐던 카에루 쨩의 마음이었다.

요약하자면, 아무래도 그녀는 오늘 내 행동에 터무니없

이 거대한 모성을 느껴버린 모양이다.

엥? 하고 생각하는 사람도 많겠지. 괜찮아. 내가 제일 그렇게 생각하니까.

그래도 가만히 생각을 해보자. 여기는 라이브온이다. 어쩌면 1부, 2부가 아니라 차ㅇ맨 켄!의 세계에 상장할 생각인가요? 라고 불리는 그 라이브온이다.

그래서 나는 생각하는 것을 관두었다━.

"그렇게 됐으니 앞으로도 잘 키워주세요, 마마!"

"코코로네 아와유키. 오늘부로 연상의 딸이 생겼습니다! 난 이제 몰라~."

옆에 앉은 언니에게 마마라고 불리는 이 낯간지러움을 공유할 수 있는 인류가 지극히 적다는 것이 참으로 유감이다.

: 끼리끼리 논다는 말은 라이브온을 위해서 있는 격언이지.

: 아와 쨩, 상냥해! 슈와랑 갭에 빠져버렸어.

: 안 되겠어. 나도 스트제로 찐으로 빠지 않으면 이야기의 기세를 따라갈 수가 없겠어.

: 슈와 쨩, 포기한 거냐고ㅋㅋ

: 상상 임신이 아닌 상상 출산.

: 처음에는 스트제로의 힘을 전개해서 쭉 치고 나갔는데 요즘은 스트제로의 힘으로도 제어 못 하는 라이버가 여러 명 나타났네. 이거 무슨 배틀 만화야?

: 너, 전설을 만들던 순간에 동기의 마마가 되어서 한 발

뽑았잖아!! 지금 와서 애가 한 명 늘어나는 정도 문제없지?

: 슈와 쨩을 중심으로 가계도가 생기고 있는 거 완전 웃김ㅋㅋㅋ

: 네가 마마가 되는 거야!

〈카미나리 시온〉: 얘, 카에루 쨩! 마마는 여기 있어요~!

"아, 봐! 마마라면 시온 선배가 있잖아! 나보다 훨씬 마마력이 높아!"

"시온 마마도 물론 좋지만, 이제 최애마마는 아와유키 선배 말고 있을 수 없어요."

"이제야 생각한 건데, 무수한 마마가 있는 것에 일단 의문을 가져야 하지 않을까?"

"일자다모제(一子多母制)랍니다."

〈카미나리 시온〉: 어째서?! 카에루 쨩이 마마라고 부르는 사람은 술에 취해서 자기 딸한테 AV 인터뷰를 시킨 사람인데?!

: 친구 감각의 집안인가?

: 선진적인 성교육이겠지.

: 와~ 북유럽임?

: ㅁㅊㅋㅋ 북유럽에 사과해!

"그게에~. 시온 마마는 뭐라고 해야 할지……. 공포감을 느낄 때가 있다는 말이죠."

"이해돼. 나는 젖병으로 스트제로를 마셨다니까."

"그건 포상이니까 부러워요."

"어라라?"

: 〈카미나리 시온〉: 잘 보살펴줄 건데? 문자 그대로 깨어나서 잠들 때까지 모두 보살펴줄게.

: 시온 마마, 그런 점이야.

: 히에엑…….

〈소우마 아리스〉: 카에루 공이 슈와 쨩 공의 딸? 다시 말해서, 제가 카에루 공과 결혼하면 나도? ……그렇군. 계획을 짜오겠습니다!

: 정략결혼을 모색하지 마 ㅋㅋㅋ

: 전 인류를 바보로 만들 계획이야?

"오호, 채팅창이 달아오르는군요."

"출산 보고를 했으니 당연하죠."

"지금 일어난 일을 있는 그대로 말하지!#25 나는 스트제로를 마시고 있었는데 어느샌가 연상의 딸이 생겼어. 무슨 소린지 못 알아들을 거라 생각하지만, 나도 무슨 일이 일어났는지 모르겠어……. 체외수정이라거나 대리 출산 같은 그런 과학은 절대 아니었어. 훨씬 무시무시한 것의 일부를 맛봤지……."

자, 언제까지고 같은 이야기를 계속하는 것도 그러니까, 이제 죄다 받아들이고 방송 기획에 들어가기로 했다.

#25 지금 일어난 일을 있는 그대로 말하지! 만화 「죠죠의 기묘한 모험」 3부의 등장인물, 「장 피에르 폴나레프」가 했던 대사의 패러디. 본작 최종 보스와 직면한 위기상황을 가까스로 넘긴 폴나레프가, 뒤늦게 합류한 주인공 일행에게 자신이 겪은 상황을 전달하는 장면이다. 무슨 말을 하는 것인지 본인도 모르면서 상황을 설명한다는 점에서 인기를 끌었다.

그렇지만 급히 그 자리에서 정해진 콜라보라, 뭔가 정성 들인 기획을 할 수 있는가 하면— NO다.

그래서 아까 둘이 서둘러 준비한 것이 이『화제 박스』.

손만 넣을 수 있고 안이 보이지 않는 상자 안에, 다양한 화제가 적힌 종이가 들었다. 그리고 교대로 한 장씩 뽑아 종이에 적힌 내용에 대해 이야기한다.

대단히 간단한 것이지만, 이런 물건은 잡담 코너에 큰 힘이 된다.

좋아. 리스너들에게 설명도 했으니 시작하자!

"그러면 마마, 먼저 하세요."

"오케이! 그럼 간드아~!"

상자에 손을 넣어 뽑은 주제는—.

"『최근에 푹 빠진 것』인가요. 이건 왕도로군요!"

"아, 카에루가 적은 거네요. 마마는 최근에 몰두하는 것이 있나요?"

"응~ 그렇네~. 요즘에 절판된 스트제로 컬렉션이 늘어나서, 가끔 꺼내 바라보면서 싱글벙글하고 있어요."

"부디 거짓말이길 바라게 되네요. 와인이 아니잖아요. 스트제로를 미술품으로 보는 건 세상에서 마마밖에 없어요."

"눈으로 스트제로를 빨아도 되지 않을까? 그러면 카에루 쨩은? 자기가 적은 기획이니까, 뭔가 있지?"

"네. 카에루는 요즘 애니메이션을 자주 봐요."

"오, 좋은걸. 아주 좋아. 뭐 보고 있어?"

"호○맨이요. 하루 종일 논스톱으로 재생하고 있어요. 왜냐면 카에루는 아기니까요."

"너무 철저하잖아……."

"버○누나 찐사랑팬입니다. 왜냐하면 카에루는─."

"아기니까?"

"그럼요. 잘 아시네요. 과연 카에루의 최애마마입니다."

"아무것도 모르겠어."

다 큰 어른이 그러면 평범하게 공포를 느낀다고. 시온 선배만 문제가 아니야…….

"그 밖에 스테이크에도 빠져 있어요. 너무 비싼 건 무리지만요."

"오, 고기 좋아해?"

"물론 고기도 좋아하지만, 스테이크를 먹을 때 종이 냅킨을 달잖아요? 그걸 아기 침받이라고 생각하면서 금기의 야외 유아 플레이를 간접적으로 즐기고 있어요. 식욕과 아기욕을 동시에 채울 수 있어서 대만족이에요."

"고기를 먹는 줄 알았더니 육욕을 탐하고 있었다니! 이럴 수가. 그리고 4대 욕구에 이상한 거 섞지 마!"

"4대? 3대가 아니고요?"

"식욕, 수면욕, 성욕, 스트제로욕, 4대야! 상식이거든?"

"그 마마에 그 딸이란 느낌이네요."

: ㅋㅋㅋ ¥10,000

: 태클 걸 곳밖에 안 남은 것 같은데?

: 응, 둘 다 남에게 폐를 끼치지 않으니까 장하다!

: 잼○저씨의 머리에는 잼이 들어 있다는 설을 주장하고 싶습니다.

: 그걸 생각해내는 네 머릿속이 잼이 아니고?

: 채팅 신랄한 거 보소ㅋㅋ

〈우츠키 세이〉: 어라? 최면욕을 잊었는걸?

〈소우마 아리스〉: 아와유키욕도 있습니다!

: 이 현실에서는 있을 수 없는 이세계 느낌이 라이브온의 좋은 점이라구.

"다음은 카에루가 뽑을게요. 음~. 이걸로 해야지. 적힌 내용은……『성대모사』네요. 이거 화제라고 할 수 있는 걸까요? 그냥 개인기 같은데……."

"뭐, 서로서로 처음에는 성실하게 적었는데. 중간부터 뭐든지 적어 버리잔 느낌이었으니까."

"용서해주세요. 왜냐하면 카에루는 아기니까요."

"용서해주세요. 왜냐하면 슈와는 라이브온이니까요."

: 용서한다!

: 아기는 그나마 천 걸음 양보해서 이해하겠는데, 슈와 짱은 그냥 권력 행사 아냐?ㅋㅋ

: 라이브온이라면 어쩔 수 없지.

: 라이브온은 다들 이상하니까, 보고 있으면 혹시 라이버가 제정신이고 내가 이상한 거 아닐까? 하는 생각이 든다.

: 순도 100%의 현실인데 무슨 말을 하는 건지 알 수 없는 이차원. 과연 코코로네 슈와유키다. 뇌척수액의 알코올 도수가 달라.

: 우리들의 뇌척수액에도 도수가 있는 것처럼 말하지 마ㅋㅋ

"마마, 성대모사 할 수 있어요?"

"맡겨주라고! 그러면『탄산 가득 스트제로가 흐르는 스트제로 강 속에서 좋아하는 스트제로 롱캔을 발견했지만 익사하는 나』갑니다!"

"설마 자신의 성대모사를 할 줄은 생각 못 했어요. 너무 세세해서 전달이 안 되는 것도 깜짝 놀랐어요. 그래도 재밌을 것 같으니 한 번 볼까요. 그러면 시작."

"스트제로 강에, 롱캔이, 있다. [#26] 주우러, 가자. 아, 이 스트제로, 깊어! ! 부부부부부부! 부하앗!! 푸오옷! 부붑! 부붓! 도와줘! 휩쓸려 간다아부부부부부!! 도와줘! 하레루 선배! 도와주부그르르! 부그르!"

"여기까지는 템플릿."

"아, 이 스트제로, 맛있어! 꿀꺽꿀꺽꿀꺽꿀꺽꿀꺽!! 꿀꺽

#26 스트제로 강에, 롱캔이, 있다. 2010년대. 「익사하는 ○○ 시리즈」라는 템플릿에 맞추어 여러 캐릭터의 성대모사를 한 영상이 인터넷에 올라왔다. 그중에서 만화 「짱구는 못 말려」의 「맹구」를 성대모사하여 「강 속에, 돌이, 있어. 주우러 갈거야!」라며 물에 빠진 묘사를 한 영상을 패러디한 대목이다.

꿀꺽! 히카리! 마시롱꿀꺽꿀꺽꿀꺽!!"

"흐름이 바뀌었네요."

"도와줘! 챠미! 시온 마마! 네코마 선배! 세이 님! 봉 미 선."

"잠깐만 기다려 주세요. 지금 마지막에 전혀 모르는 사람이 섞였지 않았어요?"

"꿀꺽꿀꺽꿀꺽꿀꺼억! 꿀꺼억!! 꿀꺼억! 도와줘! 나는 아직, 죽고 싶지 않아! 죽고 싶지 않아!! 꿀꺽꿀꺽꿀꺽꿀꺽!! 꿀꺽! 꿀꺼억!"

"마마가 위험해. ……여러 의미로."

"이 강, 맛있어, 맛있어꿀꺽꿀꺽꿀꺽꿀꺼억! 후우…… 간신히 다 마셨다. 스트제로가 아니었으면 즉사였어."

"게다가 이 사람, 생환해버렸어요."

: 점심 나가서 먹을 것 같애.

: 사실은 기뻐하고 있는 거지?

: 숨 쉴 틈도 없는 개그라 태클 걸 타이밍이 없다!

: 스트제로 강이 마치 자연스러운 강인 것처럼 말하지 마!

: 그런 강이 흐르고 있으면 동물이 다들 슈와슈와가 되잖아!

: 잠깐! 난 무시무시한 사실을 깨달았을지도 몰라. 그 숲에 살던 동물들이 사실은 훗날 라이브온의 라이버들 아냐?! 이건 학회에 보고우와무슨짓그만ㄷ

: 라이브온 「너는 너무 많이 알았어」

: 새삼스럽지만 이거 성대모사가 아닌게……?

: 그걸 따지면 스트제로가 흐르는 강에 롱캔이 있는 건 대체 뭔 상황이냐고.

: 처음 만났지만, 난 이미 네가 좋다.

: 방금 온 불꽃 형님이 첫눈에 반한 거냐고ㅋㅋ

"좋아, 다음은 카에루 쨩 차례. 시작!"

"어, 카에루도 하는 건가요? 막 그 대참사를 본 다음에 하는 거 엄청 싫은데요."

"물론 해야지! 나도 했으니까!"

"알겠습니다. 주제는 『첫 방송 때의 마마』갑니다. 여러허분 안녕하하오오오오오오늘은 예예쁜 다담설이 내리리리(부들바들부들바들)."

"야아~!! 아무리 나라도 그 정도로 심하진 않았어!!"

"꺄~♪"

건방진 암컷 꼬맹이?는 참교육을 해줘야겠구만!

이 녀석, 아기를 자칭하는 것치고 성숙하고 에로한 몸이라니까! 각오해라!

"어머나, 마마가 넘어뜨려 버렸어요."

"지금부터 네가 마마가 되는 거야! 으럇차차!"

"꺄~♪ 이대로는 마마한테 마마가 되어버려~♪"

"자! 아기가 태어나면 마마의 마마에게 마마당한 마마의 마마에요~ 하고 말해줄 거다!"

"시온 마마라는 마마가 있는 마마에게 마마가 되어서 아기 낳은 아기가 되어 버렷~♪"

　: 제발 사람의 언어로 말해 줘.

　: 우리는 뭘 보고 있는 거지…….

　: 마마가 게슈탈트 붕괴했어. 나도 의미를 모르겠어요.

〈카미나리 시온〉: 천국일까?

　: 그 아기로 태어나고 싶다 ¥4,545

　: 그런 소망을 가졌다면 하다못해 그 금액 선택#27은 관두

라고…….

　: 지금 죽으면 두 사람의 아기로 다시 태어날지도 몰라.

　: 천재, 나타나다.

바보 같은 장난은 이 정도까지 하고, 다음 화제로 가볼까!

연상인 딸의 여체는 참으로 좋았다!

"다음 화제 뽑는드아~! 어디보자, 『좋아하는 책』이군요!"

"아, 카에루가 적은 거네요. 참고로 그림책 덕후입니다.

마마, 책은 읽어요?"

"책이라, 『너의 스트제로를 마시고 싶어』는 명작이지!"

"그건 대체 뭔가요……. 그냥 남의 술을 노리는 구제불능

이잖아요……."

"음~ 그러면 카에루가 좋아하는 책은 뭐야?"

"물론 『마마의 스트제로를 마시고 싶어』네요. 왜냐하면

#27 금액 선택 4545는 「시고시고」라고 발음할 수 있다. 일본어로 자위 행위의 의성어인 「시코
시코」와 유사한 발음.

카에루는 아기니까요."

"나랑 큰 차이 없잖아!"

"아뇨, 달라요. 마마의 맘마통에서는 도수 9%의 스트제로 모유가 나오니까 그걸 마시고 싶다. 다시 말해서 엄마의 모유를 바라고 있는 지극히 건전한 아기의 욕구입니다."

"진짜로? 이 몸 편리하네. 자급자족이잖아."

"엇."

: ㅋㅋㅋ

: 과연 강을 마셔버린 여자, 흔들림이 없어.

: 신화의 한 구절인가?

: 처음에 그림책 덕후라고 했는데도 곧장 맞춰주는 카에루의 대응 굿이다.

: 찐톤으로 「엇」에서 빵 터졌다.

: 고찰팀입니다. 슈와 쨩에게 스트제로는 무엇과도 바꿀 수 없는 소중한 것. 인생이라 해도 좋을 겁니다. 그것을 바란다는 것, 그것은 다시 말해서 『당신의 소중한 것(인생)을 저에게 주십시오』라는 그녀 나름의 고백이 아닐까요? 슈와 쨩은 의외로 수줍음을 타는군요. 다시 말해서 정리하면 「너의 스트제로를 마시고 싶다」 = 「나랑 S○X하자!」라는 것입니다.

: ↑이 형씨 말에 처음에는 그렇구나~ 하고 생각하다 마지막에 죄다 망쳐서 겁나 웃김.

: 그렇구나~ 하고 생각한 시점에서 이미 물들어 있단 말이지.

: 수줍음을 타는 사람은 설령 좀 얼버무려도 「나랑 S○X 하자!」라고 말 안 해 ¥2,000

: 좀 더 의미 있는 고찰을 해라.

: 신인류에 대한 고찰이니까, 엄청 의미 있는 행위다.

: 드디어 슈와 쨩은 기존의 인류란 울타리조차 벗어난 거냐……

: 뉴타입인가?

: 제로타입이지.

: ㄹㅇㅋㅋ 근데 퇴화했잖아?

: 적어도 제로 시스템은 틀림없이 잘 다룰 것 같다.

: 슈와 「제로여…… 나를 이끌어다오」[28]

: 제로 시스템 「스트제로를 마셔라」

: 슈와 「임무, 확인」

: 너는 그냥 마시고 싶은 거잖아!

〈소우마 아리스〉: 슈와 쨩 공을 먹고 싶습니다!

: 부위를 지정하세요.

: 얘한테 그렇게 물어보면 또 구개수 같은 말을 한다고.

〈우츠키 세이〉: 여자를 먹고 싶다.

#28 제로여…… 나를 이끌어다오 애니메이션 「신기동전기 건담 W」의 주인공, 「히이로 유이」의 대사. 공작원으로서 매우 뛰어난 전투능력, 파일럿 능력을 자랑하는 히이로는 작중 인물들을 세뇌에 가까운 상태에 빠드리는 제로 시스템조차 우수하게 다루었다.

: 개체를 지정하세요.

: 난처하군. 클리퍼인데 이 방송 통틀어서 도무지 잘라 낼 만한 곳이 없어.

: 버릴 곳이 없는 빈 캔이냐고.

"마마, 참고로 좋아하는 구절은 있나요?"

"으음~.『부끄럼 많은 생애를 보냈습니다』일까?"

"알고 있어요."

: 알고 있음.

: 알고 있음.

: 잘 알고 있군요.

: 자기소개에 감사.

: 역시 진짜가 말하면 설득력이 다르구만.

"어라? 나는 좋아하는 한 구절을 말했을 뿐인데…… 어라?"

그 뒤엔 서로 만화 등 좋아하는 책을 몇 권 이야기하고, 화제를 몇 번인가 뽑고 나서 시간을 고려해 방송을 종료했다.

호평이었던 데다가 평소보다 훨씬 이른 시간이니까 아쉬움은 남지만, 사무소를 빌린 이상 너무 오랫동안 하는 것도 좋지 않다. 이제 집에 돌아가야지.

"있죠, 마마."

"네~에?"

기재를 정리하고 돌아갈 준비를 하는 도중에, 등을 마주 댄 위치에서 카에루가 말을 걸었다.

"오늘은 정말 고마웠어요."

"응! 나야말로 고마워. 즐거운 방송이었어!"

"그렇네요, 정말로…… 누군가랑 자신을 드러내면서 대화하는 게 이렇게 즐거운 일인 줄 몰랐어요. 카에루는 오늘 마마 덕분에 자신감을 가질 수 있었어요. 카에루는 오늘 마마를 만난 일을 평생 잊지 않아요."

"카에루 쨩……"

준비하느라 부스럭거리는 소리에 뒤섞여 처음에는 눈치 못 챘는데, 그녀의 목소리가 희미하게 떨리고 있었다.

그녀도 갖가지 고난 끝에 이 자리에 도착한 사람이다. 그 과정에서 수많은 고독도 체험한 거겠지.

내 몸은 자연스럽게 그녀를 등 뒤에서 끌어안고 있었다.

굳이 따지자면 나보다 커다랗게 보이는 그녀의 등인데, 지금 나에게는 어째선가 감싸버릴 수 있을 정도로 작게 느껴졌다.

분명 그건 이 순간 처음으로 내가 「선배」라는 걸 실감했기 때문일 거야.

"카에루는 목표가 생겼어요— 카에루는 마마가 자신의 딸이 카에루라서 다행이라고 말할 수 있는 존재가 될게요!"

몇 분 뒤, 나를 돌아보며 선언한 카에루의 얼굴은 지금까지 본 적이 없을 정도로 시원스러운 표정이었다—.

그 뒤로 카에루 쨩은 콜라보 기획에 적극적으로 참가하게 되었고, 솔로 방송에서도 지금까지 이상으로 즐거워 보이는 모습을 보여 파죽지세로 인기를 얻기 시작했다.

우쭐한 걸지도 모르지만, 하레루 선배나 2기생을 동경하여 라이브온에 들어온 내가, 지금은 입장이 반대가 되어 후배의 동경을 받는 위치에 서 있다.

그건 나에게 참으로 감개무량한 일이었다.

뭐, 다시 말해서 무슨 말이냐 하면—.

VTuber를 계속하길 잘했어!!

막간 마시롱과의 우정

    마시롱과 첫 만남의 이야기를 마친 다음, 시간도 있어서 아직 우리는 통화를 하고 있었다.

    지금은 만남의 이야기에서 그 흐름 그대로 지금 우리들의 관계에 이르는 화제로 흘러가고 있었다.

    "흑역사 발굴이 될 것 같아서 불안한데, 아와 쨩은 뭔가 인상 깊은 에피소드 있어?"

    "아~. ……뭘까요. 너무 많아서 고르는 게 어려워요."

    "그러게. 우리도 이러니저러니 데뷔하고서 꽤 시간이 흘렀으니까."

    "종합적인 결론으로, 당시의 우리가 지금의 모습을 상상할 수 없다는 건 틀림 없을지도 모르겠어요."

    "후훗, 그건 그렇네. 아와 쨩은 특히."

    "지금이야 다 털어냈으니까 좋은 추억이지만요. 조금 이야기가 샛길로 빠졌네요. 당시의 이야기였죠."

    으음~. ……어느 게 좋을까? ……당시의 나는 인기가 안 생기는 것에 조바심도 느껴서 매일 죽을 각오였단 말이지. 어쩐지 격동의 나날인 건 지금도 옛날이랑 다를 바 없지만.

    그런 와중에 콜라보한 횟수는 마시롱이 가장 많았고, 기재의 상담이나 방송 외적인 부분에서도 엄청 신세를 졌으니까 정보가 뒤섞여서 고를 수가 없어…….

"—아."

"응? 왜 그래? 아와 쨩, 뭔가 떠올랐어?"

"아니, 음…… 떠오르긴 했는데요. 이걸 말해도 될지……."

"왜 그렇게 뜸을 들여? 어떤 이야기든 새삼스럽게 사양할 것 없잖아."

"그, 그렇네. 그러면, 그게 말이죠. 마시롱이 방송에서 사고 쳤을 때 말인데요……."

"친한 사이에도 예의를 지켜야지. 이 얘기는 여기서 끝내자!"

"마시롱! 말이 바뀌는 건 비겁해요!"

"그건 그렇지만 말이야아~."

순식간에 무슨 이야기인지 짐작하고 도망치려는 마시롱. 나나 다른 라이버의 억지에도 투덜거리면서 어울려주는 마시롱이, 이 정도로 거부반응을 보이는 건 대단히 드문 일이다.

하지만 어쩔 수 없다. 왜냐면 이 화제는 보기 드물게 마시롱이 커다란 실수를 저지를 뻔했던 에피소드니까.

"나도 그 일은 반성하고 있거든? 분명히 아와 쨩한테는 폐를 끼쳤지만, 이제 좀 봐줘."

"아니, 물론 이미 용서했어요. 애당초 당시에도 화가 나지도 않았어요. 하지만 그게, 나쁜 일만 있는 게 아니라 우리한테 좋은 경험이기도 하잖아요. 저기, 우리가 애칭으로 부르기 시작한 것도 그때부터니까."

"으극. 분명히 그럴지도 모르지만……."

"아까는 제가 창피를 당하고 끝났으니까 갚아줘야죠! 그럼 당시 일을 떠올려 봐요!"

"그건 어쩐지 자폭이었던 것 같은데. 뭐 어쩔 수 없지."

그립네……. 이 이야기는 떠올려보면 지금도 선명하게 그림이 그려진다.

그건 우리가 데뷔하고서 1개월 정도 지나, 점점 방송에 익숙해졌을 때 일어난 일이었다.

그날은 딱히 무슨 불길한 조짐이 있었던 것도 아니고, 마시롱은 평소처럼 잡담 방송을 하고 있었다. 방송 시간이 겹치지 않았던 나도 아무 불안함 없이 일개 리스너로서 방송을 즐기고 있었다.

마시롱은 슈와 모드의 나를 가볍게 흘릴 정도로 토크력이 상당하다. 본업인 일러스트를 그리면서도 템포 좋은 잡담을 펼칠 수 있다.

마침 세상도 스트리머로서 마시롱의 재능을 깨닫기 시작하고, 동시 시청자수도 상당히 늘어나기 시작한 시기였다. 그녀도 어쩐지 평소보다 기쁜 기색으로 이야기를 하는 것이 당시엔 인상적이었다.

방송에 익숙해지기도 한 것이 영향을 끼쳐 좋은 의미로 그녀의 어깨에서 힘이 풀려 있었다고 생각한다.

그때는 흐뭇하기도 하고 좋은 경향이라고 생각하여 나도 기뻐했는데, 어느 한 채팅이 온화했던 흐름을 바꿔 버렸다.

: 니 일러스트가 후져서 애들이 아무도 코코로네 뭐시기 한테 흥미를 안 가지는 거라고ㅋㅋㅋ

"으엑, 지저분한 채팅이네……."

명백하게 악의만 담겨 있다. 게다가 내 이름까지 쓰는 게 질이 나쁘다. 모든 것이 지저분한 최악의 채팅이었다.

애당초 태클을 걸 구석밖에 없다. 마시롱의 일러스트 평가는 VTuber가 되기 전부터 세간의 주목도가 빼어났고, 실제로 아직 나의 내면을 잘 모르기 때문에 비주얼이 가장 중시되었던 3기생 공개 방송 뒤에는 내 인기가 톱 클래스였다. 일러스트레이터로서 마시롱의 기량을 의심할 여지는 없었다.

내가 다른 라이버와 비교해서 인기가 없었던 건 사실이지만, 그건 전부 나의 내면 탓이었다. 결국 이 채팅을 쓴 사람은 그저 까 내리고 싶었던 거겠지.

하지만 라이버로서 활동하는 한, 이 녀석 같은 안티는 피해갈 수 없는 길이기도 하다. 나도 포함하여 모두가 고민하고, 그리고 마지막에는 어쩔 수 없다고 포기하는 법이다.

최종적으로 무시하는 게 제일이란 결론에 그러고 싶지 않아도 도달하기 때문에, 평소에는 신경 쓰지 않는다.

하지만 그날의 마시롱은 달랐다—.

『응? 지금 채팅 친 너, 방금 뭐랬어? 나만 걸고 넘어지는 거면 몰라도, 아와유키 쨩을 바보 취급했겠다?』

"마, 마시로 쨩?"

누가 봐도 한눈에 알 수 있을 만큼 마시롱이 화를 냈다.

『아와유키 쨩은 말이야. 엄청 노력한다고. 뭘 하면 다들 즐거울지 매일 필사적으로 생각한단 말이야. 내가 제일 가까이서 봤으니까 틀림없어. 눈앞의 것밖에 못 보고 그런 채팅을 치는 너는 노력조차 한 적이 없는 쓰레기일 테니까 평생 모를 수도 있겠지만.』

"마시로……."

게다가 마시롱은 자신을 위해서가 아니라, 주로 나를 위해 화를 냈다.

이 정도로 목소리가 흐트러진 마시롱은 처음 봤으니까 정말로 놀랐던 기억이 있다……. 그렇게 나를 생각해줬다는 것도 포함해서.

『……뭐 그런 거니까, 말조심해. 아무것도 모르면서 남을 바보 취급하는 녀석은 언젠가 그걸로 망한다.』

결과적으로 채팅창도 크게 술렁거리긴 했지만, 전면적으로 마시롱의 말이 옳았기에 오히려 호감도는 올라가고 안

티 채팅을 친 사람도 어딘가로 사라졌다.

그러나 여기서 사태가 끝나지 않고, 오히려 여기서부터가 마시롱이 친 사고의 시작이었다—.

『자, 이제 하고 싶은 말은 했지만…… 그러고 보니, 내 그림에도 트집을 잡았지? 좋은 기회니까 내가 얼마나 열정을 다해서 아와유키 쨩을 디자인했는지 말해볼까? 잡담 소재로 삼아줘야지.』

마시롱은 그렇게 말하더니, 설정 따위가 세세하게 적힌 아와유키의 디자인 완성형을 끄집어냈다.

그리고 그야말로 세세하게 아와유키의 몸에 대한 말을 논하기 시작했다…….

머리칼의 윤기부터 피부의 탄력으로 시작하여, 차츰 쇄골이나 옆구리 같은 페티시즘을 느끼게 하는 부위의 화제가 이어지고, 기어이 평소에는 안 보이는 허벅지의 육감이나 가슴 크기 이야기로 발전하더니…….

차츰 목소리가 열기를 띠기 시작한 마시롱의 모습에, 「어라? 이거 좀 위험하지 않나?」라고 생각한 내 예감은 어엿하게 적중했다.

『나 말이야! 유두 색까지 완벽하게 설정해뒀다니깐! 후에헤헤, 다들 유두 신경 쓰이지?』

"와, 와왓?!"

『그러면 지금부터 그려 버립니다아~.』

"우와아아아아아악??!!"

그 쿨하고 중성적인 그녀의 모습에서 상상도 하기 어려운 끈적하고 황홀한 음색으로, 터무니없는 말을 꺼내는 마시롱.

그리고 그 말은 거짓이 아니었다. 그녀는 조금 전의 그 디자인을 우선 치우고, 새로운 캔버스를 열기 시작했다!

『하아…… 하아…… 하아…… 읏!!』

"자, 자자자자잠깐?! 기다려어어어??!!"

무심코 방에서 홀로 비명을 질러버린 나, 채팅창도 아비규환의 폭풍! 혼란에 빠진 머리로도 핀치라는 건 알 수 있었다!

"채팅으로는 늦어! 통화! 전화해야지!"

어떻게든 동기의 폭주를 막으려고 초조한 손놀림으로 방송 중인 마시롱에게 전화를 걸었다.

"부탁해! 받아줘!"

마시롱의 채널과 내 은밀한 곳을 지키기 위해서, 내 통화를 깨달아 달라고 신에게 기도했다.

"눈치를 못 채네에!"

그러나 전화를 걸어도 저렇게 집중력을 발휘하고 있는 마시롱은 간단히 통화를 눈치채지 못했다.

그래도, 그래도 나는 포기하지 않고 계속 전화를 걸었다.

『…………어라? 아와유키 쨩?』

"눈치챘다?!"

그 노력이 결실을 맺었는지, 전화를 걸기 시작한 지 약 1분 뒤, 드디어 마시롱은 내 전화를 받아주었다.

나중에 안 사실인데, 이때 마시롱의 매니저도 타이밍이 좋지 않게 방송을 보고 있지 않았다고 한다. 농담이 아니라 절체절명의 위기였던 셈이다.

"오~ 무슨 일이야, 아와유키 쨩? 지금 좀 바쁜데, 잡담이라면 나중에 괜찮을까?"

"이봐, 마시로 쨩! 지금 뭐 하려 했는지 말해보세요!"

"응~? 아와유키의 유두를 그리려고 하는데?"

"미안한 기색도 없이 말하면 안 되죠?! 알고 있으면 멈추세요! 여러모로 위험하잖아요!"

"우우~, 왜 그렇게 말리는데? 나는 아와유키 쨩의 유두가 보고 싶은데."

"아니, 그러니까 그게 이상하다니까요?! 대체 오늘은 어떻게 된 거죠?! 평소의 쿨한 마시로 쨩은 어디 갔어요?!"

"시큐어! 마마가 딸의 유두를 보고 싶은 게 뭐가 잘못인데! 창피해하는 게 더 이상해! 나는 마마란 말이야!!"

"창피한 게 아니라, 지금 방송 중! 방송에 나가잖아요! 전 세계에 중계되니까 위험하다구!!"

"헤? ⋯⋯앗."

드디어 멈출 줄 모르던 손에 스톱을 건 마시롱.

아무래도 그제서야 자기가 뭘 하고 있었는지 정확히 인식한 모양이다.

"아, 아아~ 다들 미안, 조금 머리 식히고 올게요⋯⋯."

그 말을 마지막으로, 이날 방송은 종료되었다.

그리고 방송이 끝난 뒤에도 우리들의 통화는 끊어지지 않았다. 마시롱은 내가 걱정할 만큼 미안한 기색으로 조금 전 일을 사과하기 시작했다.

"폐 끼쳐서 미안⋯⋯. 완전히 사고 쳤네. 나, 뭐 하는 거지⋯⋯. 그리고 도와줘서 정말 고마워."

"아뇨. 무사히 끝났으니 그거면 됐잖아요. 하지만 무슨 일이죠? 이렇게 폭주하는 마시로 쨩은 저 처음 봤는데요?"

"나, 일러스트 얘기가 나오면 엄청 뜨거워지는 성격이거든⋯⋯. 특히 오늘은 방송의 긴장감이 풀려 있었던 거랑, 조금 열받는 채팅이 와서 불붙기 쉬운 상태였나 봐⋯⋯. 이제 다시는 같은 잘못을 하지 않을 거예요."

실제로 이날 이후, 마시롱은 일러스트로 뜨거워지는 일이 있을지언정 아웃 라인을 넘는 일은 한 번도 없었다. 오늘은 어디까지나 불운이 겹친 결과였다.

그래도 마시롱의 마음은 가라앉지 않았는지, 사과를 거듭했다.

"새삼 정말로 미안해. 결과적으로 내가 아와유키 쨩에게 폐를 끼쳤어, 한심해라⋯⋯."

"정말로 저는 신경 쓰지 않으니까 괜찮아요! 그렇게 사과하지 마세요."

"정말? 다행이다…… 하지만 스스로 견실하게 활동하고 있다고 생각했으니까, 자신감을 잃을 것 같아."

"그, 그런 말은 하지 마세요!"

아무래도 마시롱은 상당히 풀이 죽은 모양이다. 자신을 탓하는 그 모습을 보고 있자니 나도 괴로워졌다.

잔뜩 신세를 진 내가, 이럴 때야말로 동기를 격려해주지 않으면 어쩌라고!

"마시로 쨩은 자신감을 가져 마땅한 사람이에요! 그림은 잘 그리고 목소리는 멋지고 귀엽고 대화도 잘 하고 상냥하고 나 같은 애도 응원해주고!"

"어, 어어? 그, 그래?"

"게다가 사실대로 말하면 저를 위해서 화내준 것도 기뻤고, 엄청 훈남 같다고 생각했어요! 그리고 또."

"OKOK. 고마워. 아와유키 쨩의 마음은 전해졌어. 하지만 아무리 나라도 창피하니까, 스톱!"

지금도 옛날에도 이럴 때 제대로 된 말을 할 수 없는 나였기에, 어떻게든 기운을 차릴 수 있도록 내가 그녀의 좋아하는 점을 모조리 말해봤는데 아무래도 쑥스러웠던 모양이다.

하지만 적어도 풀이 죽어 있던 상태에선 벗어난 모양이

라, 일단은 안심했다. 이때의 나를 칭찬하고 싶군.

"응. 아와유키 쨩의 말이 맞아. 언제까지고 풀이 죽어있을 때가 아니지. 일단 리스너들한테 이번 일을 사과하고, 또 힘낼게."

"네. 사과할 때는 저도 같이 할게요. 뭐, 저는 이번 일로 그렇게 불판이 깔리진 않을 거라 생각하지만요."

"그러면 좋겠는데……."

실제로 이건 사실이었다. 사전에 나를 위해 화를 내준 것이 좋아서, 딸을 너무 좋아하는 마마와 같은 흐뭇한 반향이 다수 퍼졌다. 비판은 소수에 머물러 이윽고 자연히 소멸했다.

"뭐, 어떻게든 열심히 해볼게. 열심히 하는 사람을 좋아한다고 말했으니까, 나도 좋아할 수 있도록 내가 열심히 안 하면 안 되잖아? 고마워, 기운 차렸어."

"네. 저도 소중한 동료로서, 무슨 일이 있든 언제나 마시로 쨩의 편에 있을게요. 미덥지 못할지도 모르지만……."

"……있지, 아와유키 쨩. 기왕 이렇게 됐으니까, 앞으로는 서로 애칭으로 부르면 어떨까?"

"네? 애칭이요?"

"응, 나는 역시 아와유키 쨩을 좋아하니까."

"네에에에?! 조, 좋아요?!"

"후훗, 왜 그렇게 동요하는데? 친구로서의 이야기야."

"아, 아아~ 그렇네요! 당연한 거죠! 네네네네!"

"그래서 애칭 말인데, 어때?"

"물론 좋아요. 어쩐지 학생 시절이 떠오르네요."

"분명 그렇네. 그래서 나는 뭐라고 부르고 싶어?"

얼마간 우정하고 동떨어진 생활을 해온 나에게, 애칭이라는 건 너무나 영광스러운 이야기다. 머리를 회전시켜서 필사적으로 생각했다.

으으음…….

"『마시롱』…… 어때요……?"

"마시롱?"

"시, 싫은가요?"

"아~니, 전혀. 그냥 이유가 궁금해서."

"저기, 1기생의 하레루 선배가 하레룽이라고 불리잖아요? 저 정말로 하레루 선배를 동경하고 있고, 저는 마시로 쨩에게 그 동경심과 비슷할 정도로 친근함을 느끼고 있으니까, 비슷한 울림으로 부르면 좋겠다 싶어서…… 안 되나요?"

"아하, 그래서 마시롱이구나. 좋은걸! 울림도 마카롱 같아서 귀엽고, 맘에 들어."

"정말인가요?! 다행이다……."

"그러면 다음은 나네. 나는 벌써 정했어. 『아와 쨩』. 이거 어때?"

"아와 쨩인가요? 무척 좋다고 생각해요! 이유를 물어도 될까요?"

"언제나 아와아와하니까, 아와 쨩."

"자, 잠깐만요?! 그건 뭔가요오오오!!"

"후훗.

이후, 둘이서 함께 사과 방송을 했다. 우리들의 콜라보 방송이 급격하게 늘어난 것도 마침 이때부터였던 것 같다.

우리들의 관계를 키워간 과정에서 마시롱이 사고를 친 것으로 시작된 이 일은 절대 빠뜨릴 수 없는 것이었기에, 나에게는 인상 깊은 에피소드였다.

……그런 우리들 두 사람의 현재는—.

"으그아아아아아!! 나 이제 이 얘기 싫어! 어쩐지 엄청 간지러워! 그만 안 하면 전화 끊는다!!"

"그렇네요이제그만두죠지금당장멈추죠! 아아, 어쩐지 더워서 땀이 나네요!"

둘 다 쑥스럽고 창피해서 함께 쓰러지고 있었다.

제3장

챠미 쨩과 유원지 돌아보기 방송

갑작스럽지만, 전에 한 번 이런 이야기가 나온 걸 기억하고 있을까?

"챠미 쨩! 그러면 다음에 유원지라도 갈까?!"

〈야나가세 챠미〉: 지금 준비할게.

"잠깐! 행동이 너무 빨라! 진정해!"

기억하고 있던 챠미 쨩 찐팬 여러분, 기다리셨습니다!

"—여러분 안녕하세요? 오늘 밤도 예쁜 담설이 내리고 있네요. 이번 방송은 근사한 게스트를 초청했습니다."

"우후후, 안녕하세요? 여러분을 힐링의 극치로 안내해 줄 야나가세 챠미 언니가 왔어요~."

"잘했어요! 혀 꼬이지 않고 말했으니 장해요!"

"고마워. 하지만 사실 혀 꼬이는 것의 대책으로 아까 녹음해둔 음성을 재생했어."

"그걸 밝히면 어떡해요……."

: 와아, 청초다.

: ↑이 형씨 분명히 감정 하나도 안 들어갔음ㅋㅋㅋ

: 오늘은 역시 아와 쨩이네.

: 그저께 공지를 봤을 때부터 전라대기를 하고 있었다. 재택근무가 아니었으면 치명상이었어.

: 유원지 이야기, 얼른!

: 아하, 천직 형씨가 반응했다던 공지가 유원지를 말한 거야?

그렇다! 놀랍게도 이번에, 전의 콜라보 때 이야기가 나온 것처럼 챠미 쨩과 1박 2일로 유원지에 다녀왔습니다!

게다가 챠미 쨩은 간 적이 없다고 하기에, 그 후지류 아일랜드에 갔지!

나는 학생 시절에 간 적이 있었지만, 몇 년의 공백이 있어서인지 상당히 신선한 기분으로 즐겼다.

하지만 결국 당일 즐긴 건 우리 두 사람뿐이니까, 오늘 방송은 리스너들도 즐길 수 있도록 유원지 데이트 돌아보기 방송을 하는 거야!

"자자, 다들 진정해요. 우선 카스텔라 답변부터 하죠. 괜찮아요. 유원지에서 무슨 일이 있었는지 나중에 남김없이 이야기해 줄게요."

"오늘 나는 폼이 쭉 올라왔어. 평소처럼 허당이라고 생각하지 마."

"그건 아까 녹음 음성 탓에 이미 늦었어요……."

"이럴 수가?!"

"네. 처음 사연 가볼까요~."

@이제 스트제로 만들 수 있을 법한 몸이구나.@

"슈와 쨩 말로는 『쑥스러운 걸///』이라고 해요."

"평범하게 의미를 이해할 수가 없어. 이건 칭찬의 말일까……?"

"이 카스텔라부터 이미 충분히 머리가 이상하지만, 저는 이것의 원 출처[29]가 훨씬 위험하다고 생각해요……."

"그래?"

"챠미 쨩에겐 자극이 너무 강하니까 다음 가죠!"

@어제, 근처 편의점에 갔어요. 편의점.

그랬더니 어째 사람이 엄청 잔뜩 있어서 계산이 늦더라고요.

그래서, 가만 봤더니 뭔가 현수막이 있고, 주류를 2개 사면 20엔 할인, 그렇게 써져 있더라고요.

정말이지, 멍청하기는. 바보냐.

너희들 말이지, 20엔 할인 따위로 평소에 오지도 않는 편의점에 오지 말란 말이다! 머저리들!

20엔이라고, 20엔.

보자하니 대학생도 있고. 서클 친구들끼리 편의점에 오냐. 참 축하할 일이다.

좋~아. 500㎖ 마셔야지, 그러고 있다. 차마 봐줄 수가 없네.

#29 원 출처 원문은 「이제 아기 만들 수 있을 법한 몸이네」이다. 유튜브에 올라온 피겨스케이트 선수의 트레이닝 영상에 달린 한 성희롱 코멘트를 패러디했다. 일반적으론 해선 안 될 성희롱 댓글이지만, 묘한 뉘앙스 탓에 밈이 되었다.

너희들 말이다. 20엔 줄 테니까 그 캔 돌려놔라.

편의점이란 건 말이야. 더 살벌해야 한단 말이다.

계산대 카운터 너머에 있는 점원이랑 언제 싸움이 시작돼도 이상하지 않다고.

찌를지 찔릴지, 그런 분위기가 좋은 거라고. 못 마시는 꼬맹이들은 꺼져.

그래서 드디어 계산하려는데, 옆 계산대 녀석이, 고기만두 하나, 그러는 겁니다.

그래서 또 폭발했죠.

야이, 고기만두 따위 요즘 유행 안 한다고. 머저리야.

뭐 잘났다는 표정으로, 고기만두 하나, 냐.

넌 정말로 고기만두를 먹고 싶은 거냐고 묻고 싶다. 캐묻고 싶다. 1시간 정도 심문하고 싶다.

너, 고기만두라는 말을 해보고 싶었을 뿐이지?

편의점 고수인 내가 말하는데. 지금 고수 사이에서 최신 유행은 역시,

감자튀김. 이거라고.

타코와사에 감자튀김이랑 『스트제로』. 이게 고수가 즐기는 법이다.

타코와사라는 건 말이지. 지퍼가 달려있어 먹을 만큼만 덜 수 있다고, 이거.

그리고, 그거랑 한 입 사이즈의 감자튀김. 이거 최강.

그러나 이걸 즐기면 다음부터 점원에게 마크당할 위험도 있다. 양날의 검이지.

초보자한테는 추천 못 한다.

뭐 너희들 같은 완전 초짜는, 주스라도 마시라는 거다.@

"전설의 모 쇠고기덮밥 가게 정형문의 복붙이네요."

"어째서 이 분은 편의점 따위에 고수라고 하는 걸까……?"

"그리고 점원이랑 싸움이 시작된다니, 마침내 지구 종말인가요? 그리고 감자튀김이랑 타코와사에 스트제로를 곁들이는 건 기적의 세대라고 슈와 쨩이 말했어요."

: 진짜 스트완꼴.

: 줄이지 마ㅋㅋㅋ

: 타코와사라는 건 말이지. 지퍼가 달려있어 먹을 만큼만 덜 수 있다고, 이거. 타코와사의 장점이 아니잖아ㅋㅋ

: ㄹㅇㅋㅋ 그렇게 치면 감자튀김도 맛의 평가가 아니었단 말이지

: 그리운 소재를 꺼냈군 ¥2,000

: 슈와 쨩이 드디어 안주를 준비할 수 있게 됐구나 싶어서 울었다.

: 고기만두 좋아합니다(소근)

: 편의점이 살벌…… 북ㅇ의 권 세계관에 이세계 전생이라도 한 건가?

: 지구 종말 직전에 전생했더니 너무나도 평화에 취한 세

계였기에 삶의 방식이란 것을 가르쳐줬더니 구치소에 처박힌 건에 대해서.

: 체포된 거냐고 ㅋㅋㅋ

@슈와 쨩맨!

새로운 스트제로야!@

"얼굴이 흠뻑 젖으면서도 마실 것 같네."

"목이 마른 거니? 내 스트제로를 마시렴. by 슈와 쨩."

"포교 활동은 관두세요."

@슈와마시의 속내를 다 아는 채로 듣는 대화가 일상의 양식입니다. 정말 고맙습니다!

그런데 아와마시 콜라보했을 때 두 사람은 마음속으로 어떻게 생각하고 있었나요? 가르쳐 주세요.

아니, 차라리 아와마시 콜라보 방송을 둘이서 보는 방송도 좋아요.@

"이건 지금도 변함이 없지만요, 마시롱은 센스 덩어리 같은 사람이라서 존경하고 있어요. 고민에 대한 조언도 자주 받았으니까 언니처럼 생각했을 지도 몰라요. 마시롱도 한 마디!"

⟨이로도리 마시로⟩: 동기 중에서도 특히 관계가 깊으니까. 나는 이인삼각의 파트너 같다고 생각했어.

"그렇다고 해요!"

"정말로 사이좋네. 우정은 존귀한 거야."

"그러면, 드디어 본론인 유원지 이야기를 시작해볼까요!"

"그렇지. 어디서부터 이야기할까?"

"챠미 쨩이 역에서 미아가 된 이야기부터 할까요?"

"그건 유원지 이야기가 아니니까 기각이야."

"하지만 리스너들은 듣고 싶을 거라고 생각하는데요? 그렇죠, 리스너 씨?"

: 듣고 싶어!

: 나도!

: 당연하지?

: 챠미 쨩 미아 루트는 해석 일치.

: 그 이야기를 듣기 위해 귀의 감도를 3000배로 올리고 왔습니다. 살려주세요.

: 돌고래인가?

: 그런 수준이 아니란 말이지…….

: 대○인의 귀를 가진 형씨, 도움 요청ㅋㅋ

"그렇죠? 다들 듣고 싶대요."

"큭……. 사랑해 마땅한 리스너들을 위해서라면 어쩔 수 없네. 각오를 굳혔어."

"고맙습니다! 그러면 이야기해볼까요!"

전에 마시롱이랑 통화한 것과는 달리, 이번에는 리스너들에게도 자세하게 전달될 수 있도록 돌이켜봐야 한다.

마치 가상체험을 하는 것처럼 이야기를 해보자. 아, 그

때는 서로 본명으로 불렀지만, 지금은 방송이니까 당연히 라이버 이름으로 부를 거야.

유원지에 가는 것이 정해진 전날, 이미 도쿄역의 개찰구 앞에서 합류한 다음 신칸센을 타서 후지류 아일랜드까지 가기로 이야기했었다. 그래도 만약을 위해 챠미 쨩에게 길은 아는지 물어보기로 했다.

그러자 「아이 참, 내가 도쿄에서 몇 년 살았다고 생각해? 눈 감고서도 도착할 수 있어」라고 대답하기에 안심하고 있었지…….

거의 매일 방송을 하는 몸이니까 리스너들에게 여행으로 인한 휴식을 공지한 다음, 드디어 맞이한 당일—.

"응?"

이미 신칸센에 탈 준비를 마치고, 출발까지 시간이 충분히 남아 있어서 후지류 아일랜드의 추천 스폿이라도 조사하면서 시간을 때우고 있으려니 챠미 쨩이 전화를 걸어왔다.

"여보세요~? 무슨 일이야?"

"아, 여보세요? 아와유키 쨩, 들어볼래? 나, 이자나미의 술법에 걸린 것 같아."

"……네?"

"어디를 가도 경치가 비슷해. 참 곤란하네."

"혹시 미아가 됐어요?"

"어, 어어? 그러니까 이자나미의 술법에—."

"아직 열차도 못 탄 거죠? 역 구내에서 어디로 가면 좋을지 모르게 됐죠?"

"네, 맞아요……. 도와줘, 아와유키 쨩~."

"그렇게 자신만만하게 말했던 건 대체 뭐였나요……."

"가만히 생각해 보니까 나 분명히 도쿄에 산 지 오래됐지만, 집에서 안 나가니까 역에 갈 일도 거의 없었어."

"그러니까 사람들이 『퐁코츠 챠미 쨩』을 줄여서 『퐛쨩』이라고 부르는 거예요~."

"그렇게 불린 적 없어! 하지만 귀여우니까 조금 괜찮을지도 모르겠네."

"일단 그 근처에 뭔가 특징적인 게 있으면 가르쳐 주세요. 제가 여기서 전화로 안내를 할 테니까."

"고마워! 그러니까, 깜짝 놀랄 만큼 키가 큰 분이 있어."

"챠미 쨩……. 내가 아무리 노력해도 그래서는 알 수가 없어요……."

사실대로 말하자면 예상했던 범위 안의 일이라서, 매끄럽게 안내할 수 있었다. 다행히도 출발하기 전에 합류하여 신칸센에 탈 수 있었다.

"정말로 살았어. 이 역은 완전히 던전이야."

"분명히 처음 보면 길을 잃어버리기 쉽죠."

"난관을 클리어한 지금, 나는 커다란 성취감을 느끼고 있어."

"아직 본래 목적에는 손도 못 댔는데요……."

옆자리에 앉은 챠미 쨩의 모습은 나보다도 훨씬 어른스럽고, 설령 사복이라도 실력파 캐리어 우먼이라는 느낌이 풀풀 풍긴다. 겉모습으로 사람을 판단하는 게 섣부른 일이라는 걸 새삼 인식하게 되었다.

뭐, 나나 챠미가 최애인 리스너들로서는 이 갭을 참을 수가 없겠지만 말이야!

……그런데 어라? 가만 보니 그녀의 얼굴에 조금 위화감이 있는데?

"챠미 쨩, 혹시 피곤해요? 안색이 좋지 않은 것 같은데……."

"앗. 화장으로 얼버무리려고 했는데 눈치챘어? 사실 아와유키 쨩이랑 유원지에 가는 게 너무 기대돼서 어젯밤부터 한숨도 못 잤어."

"도착할 때까지 시간 있으니까, 지금 당장 자 둬요."

"그, 그럴 수가! 오늘을 위해서 신칸센 대화용 덱을 잔뜩 준비했는데!"

"나중에 몇 시간이든 들어줄 테니까, 자요!!"

"네~에……."

"……이런 느낌이었어요~."

"그때는 참 폐를 끼쳤습니다……."

"아뇨아뇨, 이건 귀여운 편이죠. 지금 생각하면 여행 전반에 걸쳐 챠미 쨩을 조금 느슨한 여동생으로 보고 있었어요."

"내가 연상인데……."

: 챠미다운 전개ㅋㅋ 믿고 있었다구~.

: 풋쨩, 울림이 넘 좋은데?

: 기대돼서 잠을 못 잤다니, 초등학생이야?

: 자매역전 관계 개죠아.

: 나도 아와 쨩이랑 여행 가고 싶다.

: ㄹㅇ. 누가 뭐래도 같이 다니면 즐거울 것 같음.

"계, 계속 허당이었던 건 아니니까요! 이제부터 챠미 언니의 활약을 기대하세요!"

"좋아! 그러면 기다리셨습니다! 본론인 후지류 아일랜드에서 무슨 일이 있었는지 돌아보죠!"

""오오옷!""

예정대로 목적지에 들어선 직후, 둘은 그 스케일에 압도되어 나란히 감탄의 목소리를 질러 버렸다.

방금 말한 것처럼 나는 이번에 처음으로 온 게 아니지만, 역시 이 커다란 규모에는 마음이 설레는 법이다.

후지류 아일랜드만 그런 게 아니고, 대인기 테마파크는 다들 방대한 부지를 써서 하나의 세계를 만들어내는 점이 굉장하단 말이지.

이렇게 즐거워 보이고, 일상과 동떨어진 이세계 앞에 서면 나이를 가리지 않고 마음이 들뜨며 설레게 되는 법이다.

나도 도쿄에 살아서 인파에는 어느 정도 익숙했지만, 그래도 깜짝 놀랄 만큼 많은 사람들이 들뜬 표정으로 걸어다니고 있었다.

"역시 인기가 대단하네요."

"역에서도 생각했는데, 세상에는 이렇게 사람이 많았구나."

"다음에 코미케 가볼래요? 아마 인간의 번식력에 공포를 느낄걸요?"

"그래? 나 코미케는 잘 모르거든."

"어허, 잘 들으세요. 코미케란 것은 SOX의 형태 중 하나입니다. 입장객이 정자고, 노리는 상품이 난자. 무수히 많은 용사들이 공통된 목적을 위해서 앞다투어 나아가는 모습은 이미 생명의 신비를 체현하고 있다고 해도 될 거에요."

"밖에서 그런 이상한 말 하지 마!"

아뿔싸! 아무래도 주변이 떠들썩하니까 거기에 떠밀려 내 청초 필터도 얇아진 모양이야. 조심해야겠어.

"아차, 죄송합니다. 그렇네요. 처음에는 일단 보기 좋은 곳에서 사진이라도 찍을까요?"

"좋아. 후훗, 친구랑 유원지— 나는 지금 한없이 인싸에 가까워져 있어!"

뭐가 뭔지 모를 말을 하고 있지만, 뭐 챠미 쨩도 기쁜 것 같으니 다행입니다 다행이야.

오, JK로 보이는 6인조 발견! 옛날 생각이 나네. 그 무렵의 나는 취직의 어둠도 모르고 순수했지…….

"조심해, 아와유키 쨩! 저 애들은 우리들보다 인싸 지수가 높아! 피해 가자!"

"챠미 쨩, 뭘 그렇게 경계해요? 분명히 여기는 아일랜드란 이름이지만 배틀로얄이 펼쳐지는 건 아니거든요?"

여전히 낯을 가리며 바짝 쫄아있는 챠미 쨩의 손을 이끌어 기념사진을 찍은 뒤, 마침내 어느 놀이기구에 탈 것인지 이야기를 했다.

"그거야 일단 FUJISIMA지!"

"어, 처음부터?!"

FUJISIMA— 후지류 아일랜드가 자랑하는 거대 제트코스터다.

만들어진 지 꽤 오래 됐지만, 절규머신의 이름에 걸맞은 무서움과 퀄리티는 아직도 전 세계의 제트코스터계의 선두에 서있다.

아무리 후지류 아일랜드는 비명을 지르게 되는 기구들 유명하다곤 하나, 처음부터 그런 것을 고르다니. 의외로 절규머신을 좋아하는 걸까?

하긴, 후지큐에 온 이상 탈 생각이었으니까 전혀 상관없지.

각오를 하고서 간드아~!

"우햐아……."

뜸들이듯 천천히 오르막을 올라가며 흔들리는 코스터 좌석에 앉아, 이제 곧 찾아올 공포에 무심코 식은땀이 흘렀다.

나는 이런 기구들을 평범히 즐기는 편이니까 두근거림과 공포심이 딱 좋게 마음속에서 맞서고 있는 느낌이었다.

경치는 불평할 것 하나 없이 아름답지만, 너무 높아서 그걸 신경 쓸 때가 아니네…….

……이제 곧이군.

"아와유키 쨩."

"응?"

드디어 제트코스터가 진면목을 발휘하기 직전에, 계속 말없이 옆에 앉아 있던 챠미 쨩이 말을 걸었다.

"사려조.^{살려줘}"

떨리는 목소리로 말한 그녀의 표정은…… 응. 마치 지뢰밭에 들어섰다는 걸 깨닫고 공포와 함께 꼼짝도 못하게 된 병사 같았다—.

""꺄아아아아아아아아아아아!!!!""

""아하하하하하하!!!!""

FUJISIMA 한 바퀴가 끝나고 코스터에서 내린 우리는, 서로의 축 늘어진 모습을 보고 무심코 나란히 웃음을 터뜨리고 말았다.

"챠미 쨩, 평범하게 절규머신 약하잖아! 왜 이거 골랐어?"

"나를 낯가림 아싸라고 단언하는 몇 안 되는 지인들한테, 탄 적 있다고 자랑해서 다시 보게 만들려고 했어!"

"이런 짓을 하니까 그렇게 불리는 것 같은데……."

"하아. 하지만 실제로 타보니까 위험했네……. 조금이지만, 구토하면서 승천하는 미래가 보였어."

"구토의 강을 건널 뻔 했구나. 그 스피드에서 토하면 예쁜 강이 생길 것 같긴 하네."

"은하수 같은 말 하지 마! 정말, 기분이 업돼서 제2인격이 보이고 있잖아."

""아하하!""

한 번 놀이기구를 타고 기분이 완전히 유원지 모드로 전환된 걸지도 모르겠다. 둘 다 목소리가 커지고, 어쩐지 동심으로 돌아가면서 기분이 업된 걸 알 수 있었다.

좋아좋아좋아. 유원지든 뭐든, 즐기는 게 이기는 거야. 이대로만 가자!

그렇지만……

"……아무리 그래도 개막 2연속 절규머신은 그만 둘까."

"그렇네. 뭔가 차분한 걸 중간에 끼우자."

"그러면…… 커피컵 같은 건 어때요?"

"좋은걸! 얼른 가자."

"으음……."

"어라? 왜 그래, 챠미 쨩?"

우리들이 커피컵을 탈 순서가 와서, 막상 컵에 앉으니 그녀가 고민에 찬 목소리를 냈다.

"혹시 FUJISIMA의 대미지가 아직 남았어? 타는 거 관둘까?"

"아, 그건 이제 괜찮아. 다만 저기…… 창피하지만 화장실 갔다 오는 편이 좋지 않았을까 싶어서."

"아아~ 그렇구나……. 어떡할까? 나는 나중에 타도 전혀 상관없는데?"

"걱정하지 마. 그 정도는 아냐. 충분히 참을 수 있는 수준이야. 자, 이제 시작이야!"

"오, 드디어!"

느긋한 페이스로 돌기 시작하는 커피컵.

당연하지만 주위의 일부는 진작부터 돌아가는 속도를 올려서, 탄 사람을 튕겨낼 듯한 속도로 돌아가는 커피컵에 들뜨기 시작했다. 그렇지, 이것도 커피컵을 즐기는 법이지!

하지만 FUJISIMA를 타고 온 우리들은 지금의 느릿한 페이스가 딱 좋다. 이대로 수다 타임을 가져보자.

"있지, 아와유키 쨩."

"네. 어째서인지 무슨 말 하고 싶어하는지 알겠어요."

다음에는 어디로 갈까 같은 이야기를 하는 사이에, 이제 슬슬 끝날 시간이 다가왔다.

분명히 우리들은 우아한 시간을 즐기고 있었지만, 점점 이변도 일어났다. 무의식적으로 시선이 고속으로 회전하는 컵에 빨려 들어가는 것이다.

단도직입적으로 말해서, 엄청 돌리고 싶어!!

어쩔 수 없잖아! 보고 있으면 해보고 싶어지는 게 사람의 습성이란 거야!

"마지막으로 조금만…… 해버릴래요?"

"음, 해버릴까?"

"그렇게 됐으니—."

""전력으로 돌아라아아아!!""

컵의 테이블 부분을 둘이 호흡을 맞춰 가차 없이 돌렸다.

"오오 빠, 빠르다! 샐러맨더보다 훨씬 빨라!"

"꺄악! 후훗, 머리칼이 막 흩날려."

역시 이거 즐겁구나…… 응, 즐겁긴 한데……. 이거 어째…… 너무 빠른데?

어? 보기만 해서는 몰랐는데, 실제로 체험을 해보니 인간이 견딜 수 있는 한계 정도의 속도가 되지 않았어? 여태 커피컵은 한계까지 돌려도 고만고만했던 기억이 있는데.

"아."

그때 나는 생각했다— 여기는 보통 유원지가 아니라, 그후지류 아일랜드라는 것을—.

그래. 절규머신이 명물인 여기에서는 커피컵의 회전 속도마저 한계를 모를 정도로 빨라지는 거다!

"우오오오오몸이기울어어어어?!"

"이, 이 속도는 위험해!! 아, 아, 방심하면 샐 것 같아!!"

"호오. 티컵에 레몬티를 따르는 거네요. 커피컵은 영어권에서는 티컵이라고 하니까, 잘 마실게요."

"마시지 말고! 이럴 때까지 개그하지 마! 얼른 회전을 멈춰야 돼!"

커피컵은 세반고리관 파괴형 절규머신이야. 다들 기억해둬!

이후 커피컵에서 내린 우리는 마음이 가는 대로 후지류 아일랜드를 즐기고 다녔다.

호러 어트랙션에 가보거나…….

"헉! 지금 그건 리얼충 커플의 비명?! 인싸가 틀림없어. 마주치지 않도록 해야지. 이런 무서운 호러 기믹이 있다니…….

"챠미 쨩, 그건 설치된 기믹이 아니야."

—그게 끝나고 또 절규머신에 도전하거나…….

"자, 잠깐 휴식! 아와유키 쨩은…… 멀쩡해 보이네. 절규머신, 괜찮아?"

"이야, 이건 옛날보다 강해진 느낌이네요. 어쩐지 절규머신에서 내렸을 때의 느낌이 스트제로 빨았을 때와 비슷해서 조금 기분 좋아요. 슈와해도 돼요?"

"안 돼. 절규 놀이기구에서 스트제로 성분을 섭취하는 건 그만두세요."

"굉장한 일본어네요."

—그렇게 마음껏 하루를 즐겼다……

"유원지를 다 즐긴 다음에는 예약해둔 주변 호텔에 묵고, 다음 날에 조금 관광을 하고 돌아갔지요!"

"정말로 즐거웠어. 같이 놀아줘서 고마웠어, 아와유키 쨩."

"에이, 뭘요. 저도 오랜만에 간 유원지라 최고였어요. 다음에도 어딘가 놀러 가요."

: **승천함ㅂㅂ ¥3,000**

: 챠미쨔마, 외출할 수 있구나. 장하다!

: 다음에는 아와 쨩이랑 러브호텔 가줘요.

: 러브호텔에서 여자 모임?

: 스트제로 마시고 슈와 쨩이 등장한 다음 챠미 쨩을 덮치는 모습이 눈에 선하다.

〈야마타니 카에루〉: 챠미 선배는 밀어붙이면 서브마마로 삼을 수 있을 것 같아요.

: 카에루 쨩?!

: 귀한 분이 오셨다.

: 서브마마라는 단어에서 어둠밖에 안 느껴지니까 관둬.

: 마마가 될 것 같다는 말에서 처음에는 19금 같은 걸 상상했는데, 카에루 쨩은 말 그대로 응애응애하고 싶은 것뿐이겠지.

"나, 나는 간단히 마마가 되지 않거든? 나처럼 자립한 레이디를 목표로 노력하세요."

"참고로 호텔에서 야식으로 편의점 오뎅을 사다가 먹었는데요. 점원에게 주문할 때 챠미가 당황해서 『실곤약과 계란』을 부탁하려다가 『실계란국과 곤드레』라고 잘못 말한 게 엄청 재밌었어요."

"그, 그건 잊어줘어!"

: ㅋㅋㅋ

: 그게 뭐야. 귀엽잖아.

: 실계란국은 실곤약이랑 계란이 합체돼서 나온 거라고 생각하니까 그나마 알겠는데 곤드레의 드레는 어디서 왔냐ㅋㅋㅋ

: ㄹㅇㅋㅋ 둘 다 편의점 오뎅 메뉴에 없잖아.

: 마지막의 마지막까지 챠미 쨩 답구만

―이렇게 보고란 이름의 방송은 종료되었는데……

아까 자연스럽게 카에루 쨩이 있었던 거, 나도 안 놓쳤거든~?

첫 콜라보를 같이 한 나의 방송이라지만, 챠미 쨩에게 커뮤니케이션을 시도한 것은 틀림없이 성장이지. 참으로 흐뭇하고 따스한 마음이 들었다.

……아니 모성은 아니거든? 최애마마로 타락한 거 아니거든?

월크 방송

『월드 크래프트』, 통칭 『월크』라 불리는 세계적으로 유명한 게임이 있다.

자동으로 생성된 세계가 거의 무한하게 펼쳐지고, 플레이어에게 반드시 달성해야 하는 목표는 없다. 인프라를 마련해 마음 가는 대로 살아가거나, 정방형으로 데포르메된 블록들을 써서 건축을 즐기기도 하는 이른바 샌드박스 게임이다.

이것부터 벌써 상당히 혁신적이지만, 이 게임의 더욱 충격적인 점은 서버만 준비하면 같은 세계에서 다수의 사람이 동시에 놀 수 있다는 것이다. 라이버끼리 커뮤니티를 형성하며 활동하는 라이브온과는 궁합이 아주 좋으며, 일주일 정도 전에 라이브온의 운영에서 서버를 개설했다는 알림이 왔다. 지금은 이미 몇 명의 라이버가 먼저 놀고 있는 상태였다.

나는 다른 사람이 게임을 플레이한 걸 본 적은 있지만 실제로 플레이해보는 건 이번이 처음이다. 게다가 이건 실질적으로 라이버들과 공동생활을 하는 것이나 마찬가지. 서버 개설 소식을 본 순간부터 기대가 부풀어 주체하지 못하고 있었다.

하지만, PC라는 기계는 잘 모르는 사람에게 먼저 다가와줄 정도로 상냥하지 않아……. 마시롱한테 배워서 오늘 겨우 실행했습니다…….

늦은 만큼 만회하기 위해 오늘부터 열심히 플레이해야지!

"푸슉! 꿀꺽꿀꺽꿀꺽꿀꺽! 아, 위험해."

: 푸슉!

: ¥155

: **기다렸습니다! ¥1,550**

: 꿀꺽 소리, 감사합니다.

: 오해 살 말은 그만 둬ㅋㅋ

: 뭐, 단백질이 들어 있으니까 실질적으로 스트제로도 정액 같은 거지.

: ??ㅋㅋㅋ

: 그런데 말이지! 놀랍게도 스트제로엔 단백질 함유량 0입니다! 이것이 현실!

: 진짜? 역시 제로의 이름을 가졌을 만 하군.

: 와아~ 건강에 좋아! 이건 살 수밖에 없네요!

: 좋은 점만 강조하는 광고냐고…….

: 뭐, 수분이니까 실질적으로 스트제로도 정액 같은 거지.

: 너는 세상의 액체가 다 정액으로 보이는 거냐?

: 사○의 노래[#30]보다 지옥 같은 삶이라 겁나 웃김ㅋㅋ

: 어디를 봐도 놀랄 만큼 백색. 인간마저 정액으로 보이는 그런 세계에 절망한 가운데, 유일하게 스트제로로 보인 것이 슈와 쨩이었습니다. 제 살아갈 희망입니다.

: 사람이 아니라 스트제로로 보이는 거냐(당황)

: 스트제로 처방 늘려둘게요~.

: 응? 슈와 쨩, 무슨 일이래?

: 뮤트된 것 같은데?

: 혹시 방송사고?

: 평범하게 걱정되네.

"아, 실례했습니다! 막 돌아온 슈와입니다! 사실은 이게 오늘 밤 두 캔째 스트제로라, 첫 번째 캔의 영향으로 방광이…… 아무래도 그대로 가면 첫 한 마디보다 먼저 영 좋지 않은 소리를 들려준 여자라고 불릴 것 같아서 뮤트했어요, 에헤헤~."

: 에헤헤~가 아니고…… **부끄러워하는 내용과의 갭이 위험해.**

#30 사○의 노래 니트로플러스 사에서 제작한 성인용 비주얼 노벨 게임. 「사야의 노래」. 주인공인 「사키사카 후미노리」는 교통사고를 당해 가족을 잃고 사경을 헤매다 최첨단 수술을 받고 기적적으로 살아난다. 하지만 그 후유증으로 인해 눈, 코, 귀에 느껴지는 모든 것이 잔혹한 것으로 변질되어 이윽고 자살까지 결심하지만, 그의 눈에 유일하게 사람으로 보인 소녀 「사야」를 만나 이야기가 시작된다.

: 왜 스스로 불명예를 늘리는 거냐.

: 첫 한 마디보다도 술을 먼저 주입하는 것도 평범하지 않거든.

: 스트제로 잘 씻었어?(씻었어? 빌런)

: 몸 안에서 스트제로 슈와 쨩 맛을 만들어낸 거군요, 이해합니다.

: 설마 정말로 스트제로 생산 공장이 되어 있을 줄은…….

: 어떤 맛일까?

: 스트제로 맛이겠지.

: 그걸 모르겠어.

: 스트제로 맛의 스트제로(슈와 쨩 맛) 수량 한정 발매.

〈소우마 아리스〉: 사겠습니다!

: ㅋㅋㅋ 정말이지, 아리스 쨩은 슈와 쨩 방송엔 언제나 있구나?

: 기껏 산 듀얼 디스플레이를 슈와 쨩 방송 동시 시청이나 스피커를 잔뜩 이어서 가상 입체음향으로 써먹는 애니까 당연하지.

: 흡수한 맛에 따라 바뀌겠지(진지 빌런)

: 바○콩가냐고ㅋㅋ.

: 조금 더 제대로 된 예시는 없었던 거냐……?

"그러면 마음을 가다듬고, 오늘은— 짠짜잔! 드디어 저도 『월드 크래프트』에 참가합니다! 기다렸지! 조금 설정하느라 고생을 해 버려서…… 늦어서 미안해~."

　: 드디어 이때가 와버렸군―.

　: 뒤늦게 찾아온 주인공.

　: 라이브 월드에 대형 악재가 들이닥친다!

　: 이 녀석, 분명히 글러먹은 짓밖에 안 할 거야!

　: 마왕이 강림한 것 같은 반응밖에 없는 거냐고ㅋㅋ

　"하지만 아직 모두가 와서 서버가 제일 떠들썩할 시간까지 아직 조금 시간이 남았으니까, 잠깐 카스텔라 답변을 한 다음에 시작할까요? 조금 기다려주세요!"

　@월드 크래프트에서 만들고 싶은 거 있나요?@

　"백보 양보해서 스트, 타협해서 제로, 꾹 참아서 스트제로, 욕심을 부려보자면 스트ㅇ제로일까요?"

　: 결국은 전부 똑같은 거 아냐?ㅋㅋ

　: 아냐, 혹시 차이가 있을지도 모르잖아? 메ㅇ～메라ㅇ마[31]처럼 강화되는 걸지도 몰라.

　: 당연하다는 듯이 말하고 있지만 술을 뭘로 강화시키려고?

　: 그건 고찰반이 나설 차례다, 부탁하지!

　: 안녕하세요? 몸은 홀딱, 두뇌는 발딱! 명탐정 고찰반입니다.

　: 돌아가렴.

#31 메ㅇ ～ 메라ㅇ마　게임 「드래곤 퀘스트」 시리즈의 기초 공격 주문, 메라. 이후 메라미, 메라조마, 메라가이아 순으로 강화된다.

: ㅋㅋㅋ

: 아이템으로 스트제로를 추가하는 MOD 제작, 개시합니다.

@이봐…… 스트제로 빨자고……@

"호오, 나에게 스트제로를 청하다니 배짱이 좋군. 체내 잔류 스트제로의 방출은 다 하셨나?[32] 욘토리에게 기도는 마치셨고~? 화면 앞에서 환희에 떨며 캔 뚜껑을 푸슉할 준비는 OK?"

: 괴문서는 읽지 마.

: 카스텔라 보낸 형씨도 예상 못한 대응에 난처하겠지.

: ㄹㅇㅋㅋ 가만 생각해 보면 같이 마시자고 말하는 것뿐이잖아.

: 진짜네…….

: 기도를 할 줄 아는 슈와 쨩, 장하다.

: 주여, 오늘도 우리가 일용할 양식을 주신 것에 감사하옵니다. 아~마시따.

: 아~멘처럼 말하지 마.

: Sa~○en ¥19,191[33]

: 방송 치안도 떨어지는 채팅은 적당히 해.

@슈와 쨩 생각에는 스트제로 외에 다른 술은 어떤가요?@

#32 체내잔류 스트제로의 방출은 다 하셨나? ~ 만화 「헬싱」의 등장인물 「얀 발렌타인」의 대사, 그리고 그 문구를 그대로 받아치는 「월터」의 대사를 패러디. 원문은 「소변들은 다 보셨나? 자기 전 기도는 마치셨고? 방구석에 몰린 채 덜덜 떨며 목숨을 구걸할 준비는 OK?,이다.
#33 Sa~○en ¥1,9191 앞쪽 영문 Samen은 독일어로 정자라는 뜻이다. 뒤쪽 숫자 19191은 일본어로 「이쿠이쿠이」라고 읽을 수 있는데, 여성이 절정에 이를 때 외치는 소리를 숫자로 표현한 것.

평소에는 와인이나, 일본주만 마셔서 전문가의 의견을 듣고 싶습니다.@

"스트제로 말고 다른 술도 대단히 좋다고 생각합니다! 하지만 제 경우는 다른 술을 마셔도 뇌리에 스트제로의 모습이 떠올라버려요. 이미 그 시점에서 제가 진 거죠. 몸은 스트제로에 등을 돌려도 마음은 정면으로 바라보고 있다…… 사랑이란 참으로 풋풋하고 창피한 것이에요."

: 아ㅋㅋ 나이 든 멋진 여자 느낌내고 앉았네.

: 경이적일 정도로 자연스럽게 사랑으로 이을 줄은ㅋㅋㅋ

: 창피한 건 지금 너의 모습이야.

: 딴 것보다도 술 전문가로 봤다니…….

@스트제로 밖에서 실례합니다(사죄)

아부~ 바부아부~

응애애애애애애!!

응애……스트제로……!@

"호오, 처음 한 말이 『스트제로』라니, 장래가 유망한 아기군요!"

: 스트제로 밖에서 왔다는 것만 해도 마음가짐이 훌륭하군!

: 밖이라는 건 어디냐……? 아니, 애초에 스트제로 안이란 것도 이해가 안돼…….

: 이 방송에서는 상식에 사로잡히면 안 됩니다!

: 한○ 유지로의 첫 마디와 유일하게 비등비등한 임팩트!

: 부모님 얼굴을 보고 싶다고 생각했는데, 갑자기 보이네. 지금 화면에 보인다.

: 스트제로 모유를 듬뿍 먹여서 키워주셨나 보네.

〈야마타니 카에루〉: 부러워라. 질투 나요.

: 카에루 쨩 있다~!

: 요즘 콜라보도 늘어서 안심(뒷짐 진 인자한 아빠 표정)

: 카에루 쨩의 아빠라면 슈와 쨩이랑 결혼했다는 뜻이지?

: 자~. 파파한테 와요~! ¥10,000

: 아니, 이쪽 파파가 뭐든지 사줄 테니까요! 최고의 파파 자리는 못 넘긴다! ¥20,000

: 채팅창을 원조 교제의 광장으로 만드는 건 그만해.

: 내가 아는 원교와는 좀 뭔가 다른데.

: 슈와 쨩이 당연하다는 듯 부모 취급받아서 웃김ㅋㅋ.

: 너, 모유조차 라이브온이잖아!

@첫 글······입니다······#34

나처럼 중3인데도 슈와 쨩을 보고 있는 썩은 자식, 더, 있을까요. 뭐 없겠지, 하하.

오늘 반에서 있었던 대화.

요즘 유행하던 그 곡 멋있어, 라거나, 그 옷 사고 싶어, 라거나.

뭐, 그런 게 보통이겠죠.

#34 첫 글······입니다······. ~ 일본의 한 온라인 익명 게시판에 올라왔던 게시글의 패러디. 학급에 잘 녹아들지 못한 것으로 보이는 학생의 독백체, 그리고 중2병스러움이 묻어나는 문구로 인기를 끌어 유사한 형태로 자주 변용되어 쓰인다.

한편 나는 전자의 사막에서 슈와 쨩을 보고, 중얼거리는 중임다.

It' a true wolrd 약 빨았냐고? 그거, 칭찬의 말이지.

좋아하는 음악. 라이브 스타트.

존경하는 사람 코코로네 아와유키(미성년 음주는 NO)

그러는 사이에 4시라니까요(웃음) 아~아, 이래서 의무교육은 괴로운 겁니다.@

: 변함없이 world의 스펠링 틀리고 있네ㅋㅋ

: 그립구만.

: 오히려 중3 사이에선 대인기일 것 같은데.

: 내용이 조금은 맞아 떨어져서 더 웃김ㅋㅋㅋ

: 라이브온에서 「약 빨았다」는 칭찬의 말이니까 틀리지 않았어.

: 법률을 지키는 참 착한 애로군.

"다음은…… 아니, 이제 게임 시작하기 딱 좋은 시간이네. 그러면 드디어 전용 서버 『라이브 월드』에 로그인한드아~! 평소의 플레이는 『생활 모드』로 할 생각입니다."

이 게임에는 적 몬스터가 등장하며, 체력이나 배고픔 게이지, 물자의 자급자족을 해야 하는 『생활 모드』. 그리고 그런 요소들을 없애고 하염없이 건축에 몰두할 수 있는 『건축 모드』로 두 종류의 모드가 있다.

역시 무슨 일이 일어날지 알 수 없는 스릴이 있어야 방송으로서 재미있다고 생각하니까 나는 생활 모드를 고르겠어! 건축 모드는 무슨 기획 같은 게 있을 때만 쓰기로 했다.

"오, 떴다!"

한낮의 태양 아래, 아직 인류가 손대지 않은 느낌의 초원에 내 텍스처를 입힌 캐릭터가 경쾌하게 나타났다.

"이거 봐! 청초 제로 T셔츠도 재현했지롱! 거기다 청초한 옷의 아와 쨩 모드로 변경도 가능!"

뿅뿅 뛰면서 달려 다녀보지만, 탁 트인 드넓은 자연 속에서는 마치 내 캐릭터가 작은 쌀알 같았다. 달리기를 가로막는 인공물조차 없기에, 대자연을 나아가는 것에 대한 두근거림과 고독이 동시에 덮쳐온다.

아직 월드가 개방된 지 얼마 안 됐으니까, 다른 라이버들도 아마 근처의 적당한 장소에 임시 거점을 세우고 생활하는 단계일 거야.

언젠가 다 함께 협력해서 마을, 더욱이 도시, 끝끝내 그보다 더 발전시키고 싶네.

코코로네 아와유키 제2의 인생, 월크에서 시작합니다!

"뭔가 재미있는 거 없을까~?"

나는 딱히 목적도 정하지 않고, 마음 가는 대로 걷기 시작했다.

이 세계에 막 내려선 참이라 정말로 좌우분간도 못 하는 상황이다. 일단 주변에 뭐가 있는지를 맨 먼저 확인하고

자, 슬며시 주변 탐색을 시작했다.

적당히 나무가 나 있고 지형의 기복도 적어, 살기 좋아 보이는 곳이라는 생각이 든다. 마음에 드는 곳을 찾으면 거기에 임시 거점을 세워야지.

"오!"

게임에 대해 잘 모르는 점을 리스너들에게 물어보며 적당히 놀면서 초원을 걷고 있는데, 처음으로 눈앞의 지면이 모래로 바뀌었다. 모래라고 해도 사막이 아니라 모래사장 같은 느낌이다.

그리고 그 모래사장을 나아가자 앞에 보이는 것은—.

"바드아다~!(바다다~!)"

저 멀리 보이는 끝없는 수평선, 참을 수 없는걸!

꽤 가까운 곳에 바다가 있구나. 현실에서는 몇 년에 한 번 정도밖에 안 가니까, 아무리 게임에 데포르메되어 있다고는 해도 신선한 기분이었다.

좋아, 일단 멈추고 여기를 집중해서 탐색해 봐야지.

"오~, 점토 같은 것도 있네. ……응?"

바다를 따라서 해변을 걷고 있는데, 시선 끝에 나무로 된 오두막 같은 건물이 보였다.

이 세계에서는 명백한 인공물 = 라이버 누군가가 만든

것으로 추측할 수 있다.

아직 라이브 월드가 열린 지 얼마 안 됐다는 걸 생각하면, 누가 쓰고 있을 가능성은 충분히 있었다.

"이건 혹시 의문의 인물과 첫 조우인가?!"

그런 생각에 두근거리면서 오두막을 향해 달려갔더니, 어느 순간 내 몸은 마치 체조 금메달리스트의 착지 장면처럼 우뚝 정지했다.

어느 순간— 그것은 목적지인 오두막에서 경쾌하게 뛰쳐나온 플레이어를 발견했을 때였다.

그러나 내 몸이 멈춘 것은 기다리고 기다리던 라이버를 만나서 감동했다는 달콤한 이유가 아니었다.

오두막에서 나온 여성은 사각형으로 데포르메되어도 아름다움을 느낄 수 있는 진홍빛의 롱헤어를 나부끼면서, 저 머나먼 바다 너머를 보고 있었다.

그 모습에선 마치 처음으로 이 세상에 탄생한 최초의 인류가 떠올랐다.

내가 어째서 그런 장대한 사고를 하게 됐는가? 그건 그녀가 감춘다는 개념 따위는 모른다는 것처럼, 태어난 그대로의 모습을 당당하게 드러내고 있었기 때문이다.

그래. 정말로 전신이 살색뿐이다. 발가벗고 해변에서 바람을 맞고 있었다.

"벼, 벼—."

자, 이제 숨김없이 단도직입적으로 말하지. 내 시야에 갑자기 나타나 내 사고를 정지시킨 것은 『전라의 세이 님』이었다—.

"변태다아아아아아아아??!!"

: ㅋㅋㅋㅋ

: 네가 할 말이냐…….

: 아차, 첫 인카운트는 세이 님이었군.

: 인카운트 취급이냐고ㅋㅋ

: 라이브 월드는 실질적으로 마왕이 여러 명 존재하는 곳이니까.

: 이ㅇ라[35]냐?

: 모두가 최강. 모두가 변태. 모두 개그맨. 모두가 마왕. 한 사람도 상식인 없음.

: 그 세상 완전 망했네.

라이브온은 월크 안에서도 라이브온이라는 게 뇌리에 새겨진 순간이었습니다…….

"우왓, 이쪽으로 온다?!"

내 존재를 깨달은 세이 님이 나체를 아낌없이 드러내고 이쪽을 향해 다가왔다.

"헉?! 혹시 세이 님의 나체를 비추면 게임이라지만 센시

#35 이ㅇ라 온갖 종족, 능력의 정점에 서서 마왕마저도 죽일 수 있는 수라들이, 더욱 최강을 가리기 위해 사투를 벌인다는 내용의 소설 『이수라』.

티브 판정을 받아서 BAN 당하는 거 아냐?! 화면에 비치지 않게 해야지!"

전력으로 시점을 땅으로 내리자, 월크에 있는 채팅 기능으로 세이 님이 메시지를 보내왔다.

(우츠키 세이): 여어, 나 세이 님이야! 누군가 전라를 본다고 생각하니 두근두근한다!!

"옷은커녕 그 피부도 벗겨버릴까, 이 변태 노출광 여자 아아아아아!!"

내 방송의 위기에 손O공의 성대모사를 치고 있다니! 기껏 다른 라이버랑 만났다고 생각했는데, 이래서는 채팅에도 있는 것처럼 적과 인카운트한 거랑 마찬가지잖아! 화면에 잡히면 그 사람의 채널에 대미지를 주는 적이라니, 완전 치트다!

: 부끄럼타며 고개를 숙이고 있는 슈와 쨩, 귀여워! 야호~!

: 부끄럼타는 게 아니라 목숨의 위기를 느낀 거지. 수입이란 관점에서.

: 화면에 잡히면 안 되는 그 사람 ¥2,000

: 슬렌더맨이냐?

: 세이 님이 터무니없는 호러 요소가 돼서 웃김ㅋㅋ.

세이 님한테 불평을 하려고 빛과 같은 속도로 자판을 두드려 메시지를 적었다.

(코코로네 아와유키): 지금 당장 옷을 입어주세요! BAN 당

하잖아요!

　　(우츠키 세이): 괜찮아. 요전에 내가 임시 월드에서 몸을 던져 이 모습으로 10시간 이상 실험 방송을 했지만 문제없었어. 이 라이브 월드에 들어온 다음에도 문제없고. 사각형으로 데포르메되어 있으니까 아무리 그래도 센시티브 판정은 안 나오는 모양이야.

　　(코코로네 아와유키): 아, 그랬군요. 일단은 안심했어요.

　　(우츠키 세이): 나는 변태지만, 그와 동시에 신사니까. 귀여운 아기고양이들에게 해를 끼치는 일은 있을 수 없지.

　　(코코로네 아와유키): 그런 말을 해도 전라인 시점에서 아웃입니다.

　　그런가. 당사자인 세이 님 본인이 방송을 계속 하고있으니까 문제없는 건 분명하겠네.

　　그런 사정이 없어도 평범하게 화면에 비추긴 싫지만, 일단은 선배니까 시점을 되돌려주기로 했다.

　　모조리 살색이고 유두 같은 게 그려져 있는 것도 아니니까 타협하자. 그래, 살색의 전신 타이즈를 입고 있다고 생각하면 돼. 응.

　　(우츠키 세이): 그럼 다시 인사하지. 내가 관리하는 누디스트 비치에 잘 왔어! 자, 아와유키 군도 옷을 벗고 세상의 밧줄에서 해방되지 않겠어? 함께 온몸으로 대자연을 느끼자!

　　"아니 설령 벗고 싶어도 못 벗어요. 이 사람, 어째서 전라 텍스처 같은 걸 가지고 있지?"

(코코로네 아와유키): 전 그런 텍스처 없어요.

(우츠키 세이): 뭐라고?! 귀를 기울여서 똑똑히 잘 들어, 아와유키 군. 작금의 누디스트 비치는 고등학생들이 수학여행으로 갈 정도의 대인기 스폿이야. 전라가 스테이터스인 시대라고, 아와유키 군! 자, 지금 당장 그런 천을 벗어 던지고 유행의 파도를 타자! 괜찮아, 너는 그런 것으로 꾸미지 않아도 아름다워. 오히려 감추는 것이 미에 대한 모독이지!

(코코로네 아와유키): 그럴 리 없잖아요! 대체 어떤 에로 만화의 세계인가요!!

이 사람은 무슨 낯짝으로 상식을 말하는 거야…….

그리고 그 모습으로 자꾸 내 주변을 뛰어다니면 기묘한 의식 같으니까 이제 좀 그만하세요. 나도 여체는 좋아하지만, 어째선가 몸이 거부반응을 일으키고 있다.

이 사람, 안 되겠어. 완전히 윌크를 자기 나름대로 만끽하고 계신다. 이것이 올바르게 노는 법일 테지만 대단히 성가시다. 큭…… 스트제로를 더 빨아야 했었나……!

그렇게 생각해 이 마왕을 어떻게 퇴치할 것인지 고민하고 있자니, 갑자기 우리 외에 다른 라이버가 채팅창에 나타났다.

(아사기리 하레루): 어라라, 두 사람 무슨 일이야? 상당히 들떠 있네. 무슨 일인가 싶어 바다에서 올라와 버렸어.

하레루 선배 왔다—!!!

그렇지, 하레루 선배한테 세이 님의 소행을 일러줘야지! 분명히 하레루 선배라면 어떻게 해줄 거야!

그렇게 생각하기도 했지만 솔직하게 월크 세계에서 동경하는 선배를 만난 것이 순수히 기뻤다. 나는 가슴이 기대에 부풀어 바다 방향으로 시점을 돌렸다.

분명히 그곳에는 하레루 선배가 서 있었다. 그러나 전라인 세이 님을 봤을 때랑 마찬가지로, 나는 또 말을 잃고 말았다.

아니, 하레루 선배도 전라였던 건 아니다. 옷은 분명히 입고 있는데…….

그 옷은 검은 띠를 상반신과 다리에 감은 것 같은, 온갖 곳에 피부색이 보이는 대단히 노출도가 높은 옷이었다. 어디서 본 적이 있는 거였다.

20년 넘게 전에 처음으로 등장했는데도 HOT한 LIMIT를 아직도 시대가 따라잡지 못한 패션 센스. 틀림없어—이 옷은—!

(아사기리 하레루): YO! SAY!!

"니시ㅇ와 형님[36]이잖아아아아아??!!"

(아사기리 하레루): 핫핫하! 슈왓치, 왜 그래? 보아하니 이

---

[36] **니시ㅇ와 형님** 가수. 배우 등 다양한 방면에서 활동 중이며 「T.M.Revolution」으로 유명한 「니시카와 타카노리」. 1998년에 발매한 싱글 곡 「HOT LIMIT」의 뮤직비디오에 등장한. 맨살에 검은 천을 마구 두른 기묘한 복장은 20여 년이 지난 오늘날도 상품화가 되고 있다.

얼어붙는 계절에[#37] 고독한 날개를 겹친 맨다리 매혹의 탈취 형씨이자, 오렌지색 코디네이터의 모습을 보고 감동해서 꼼짝도 못 하는구나?

[우츠키 세이]: 흠, 역시 하레루 선배다, 내 패션 센스와 멋진 승부를 겨룰 수 있겠어.

[아사기리 하레루]: 야호! 세이세이가 칭찬해줬어!

"아니, 여러모로 섞여 있잖아! 너무 섞여서 의미를 알 수가 없어!"

위험했다. 설마 예상하지 못한 사태가 2연속으로 올 줄 몰랐어. 뇌의 처리 속도를 넘어서서 몸이 경직되어 버렸다.

"정말이지, 이 사람들 너무 프리덤하잖아……."

그야말로 라이브온의 세례를 받은 순간이었다. 시간으로 따지면 불과 몇 분 동안의 일인데, 너무나 임팩트가 커서 뇌리에 달라붙어 떨어지지 않아.

진정해라, 아와유키. 상대는 그 라이브온의 여명기를 살아온 선배들이잖아? 뇌에 스트제로를 더 돌려라, 더욱 슈와슈와하는 거야!

: 등장만 해도 재미있는 녀석들 천지다…….

: ㄹㅇㅋㅋ 전라인 여자가 패션을 논하지 말라고.

: 슈와 쨩이 보○보의 뷰○처럼 외치면서 계속 태클을 걸

#37 얼어붙는 계절에 ~ 해당 문장의 아래 단어들은 니시카와 타카노리의 노래에서 차용한 패러디이다. 「얼어붙는 계절」은 WHITE BREATH, 「고독한 날개를 겹친」은 THUNDERBIRD, 「맨다리 매혹의」는 HOT LIMIT.

다니…… 이것이 마경……!

: 그 만화에는 참 신세를 많이 졌습니다.

: 요즘, 슈와 쨩은 사실 멀쩡한 게 아닐까? 라고 생각하기 시작했어(착란)

: 슈와 쨩이 멀쩡한 것도, 라이브온이 운영될 수 있는 것도 인류가 존재하는 것도 우주가 태어난 것도 전부 아사기리 씨가 있었기 때문이잖아!

: 세계, 전부 아사기리 씨 덕분이었다 ¥20,000

: S○ED니까 프리덤이지, 핫핫하!

: 시끄러워ㅋㅋ

(아사기리 하레루): 슈왓치! 라이브 월드에 잘 왔어!

(우츠키 세이): 기다리고 있었어, 나의 러브돌.

(코코로네 아와유키): 들어오는 게 늦어서 죄송합니다……. 그리고 세이 님은 나중에 패주겠어요.

(우츠키 세이): 어째서? 나는 원거리 연애 중인 커플이 4개월 만에 직접 만난 것처럼 달콤한 포옹을 한 것뿐인데.

(아사기리 하레루): 하레룽은 올 오케이~!!

(우츠키 세이): 어라~?

후훗. 처음에는 놀랐지만, 이 세계에서도 모두가 변함없이 존재한다는 걸 실감했으니 어쩐지 안심된다.

(아사기리 하레루): 그러면 나는 원장의 동물원에서 우유를 받아올 예정이니까, 작별이다!

(코코로네 아와유키); 알겠습니다!

(우츠키 세이) 조심해서 가,

왠지 하레루 선배랑 방송에서 이렇게 가까운 것도 처음인 것 같아⋯⋯.

⋯⋯어라?「같은」게 아니라, 이거 혹시—.

: 잠만. 이거 슈와 쨩이랑 하레룽 첫 콜라보 아냐?

: 진짜?

: 가만 생각해 보니 그렇네.

: 일단 슈와 쨩 수익화 때나 노래 영상으로 같이 나오긴 했지만, 그걸 콜라보로 치기엔 애매하긴 해.

: 초대 주인공과 차세대 주인공의 첫 협동식이다!

: 윽, 갑자기 감동이 밀려온다!

"엑, 진짜로?!"

어, 이거 하레루 선배랑 첫 콜라보라고 해도 되는 거야?! 그렇지? 다시 말해서 그런 거겠지?!

위험해. 이렇게 당황한 건 오래간만이야. 가슴이 마구 뛰는데⋯⋯.

점점 멀어져가는 하레루 선배의 등을 향해 나는 서둘러 채팅을 쳤다.

(코코로네 아와유키); 하레루 선배! 첫 콜라보 고맙습니다!

(아사기리 하레루); 오? 진짜네! ⋯⋯하지만 나랑 첫 경험이 이거면 어쩐지 부족하지 않아? 다음에 더 굉장한 일⋯⋯ 해

버릴래?

(코코로네 아와유키); 더…… 굉장한 일……?

(아사기리 하레루); 훗 훗 후! 기대해~!

그런 의미심장한 말을 남기고, 하레루 선배는 물러갔다—.

"하레루 선배랑 콜라보…… 콜라보라아……."

세이 님의 거점 근처에서 소재 모으기를 위해 나무를 벌채하면서, 나는 벌써 몇 번째인지 모를 만큼 같은 말을 반복하고 있었다.

긴장도 되지만 그 이상으로 기대도 된다. 챠미 쨩 정도는 아니지만, 이건 밤에 잠 못 들지도 모르겠다.

(우츠키 세이); 아와유키 군, 이제 곧 밤이 되는데 침대는 있어?

"어, 벌써 시간이 그렇게?!"

작업에 몰두하다 보니 시간이 흐르는 것도 잊은 모양이다.

위험해. 이 게임은 밤이 되면 플레이어를 공격하는 갖가지 적이 등장한다. 지금의 나로선 대항하기 어려울 거야.

침대를 만들어서— 멀티 플레이 중이니까 다 같이 모여 잠들면 밤을 넘기고 아침을 맞이할 수 있는데…….

유감스럽게도 침대를 만드는데 필요한 양털을 얻을 수단이 없어서, 만들고 싶어도 만들지 못한다……. 한번 로그

아웃을 하면 어떻게 되던가?

(우츠키 세이): 만약 없다면 내 집에 더블베드가 있으니까 같이 자지 않을래?

(코코로네 아와유키): 땡큐베리머치감사.

어째서 더블베드인지는 굳이 건드리지 말자. 세이 님의 집에 들어가 침대에 누웠다.

그러자 어째서인지 세이 님이 내가 누운 침대에 올라오더니, 아주 세밀하게 움직이기 시작했다.

응? 대체 무슨 일이지? 1인칭 시점으로는 잘 알 수가 없네. 3인칭 시점으로 바꿔볼까?

그러나 나는 금방 후회했다— 화면에 비친 건, 웅크리기 버튼을 연속으로 입력하여 나를 향해 허리를 흔드는 세이 님의 모습이었다.

(우츠키 세이): 앙앙앙 너무 좋아 스트제로 섹시 여자~!! 캔 뚜껑의 조임이 강해서 내 비밀도구가 4차원 주머니에서 넘쳐버려어어어어!!

"야, 인마."

그렇게 내 프렌들리 파이어의 순결은 세이 님에게 바쳐졌다.

"좋~아. 그러면 오늘도 출발해볼까!"

게임 시간으로 다음날, 임시 거점 건축에 필요한 소재도 모은 나는 거점으로 삼기 좋은 위치를 찾고자 탐색을 재개했다.

불안했던 침대의 조달도, 놀랍게도 세이 님이 기왕 만난 기념이라며 하나 선물해 주었다.

"자, 밤에 잠들지 못하면 다들 난처하잖아? 이걸 세이 님이라고 생각하고 잔뜩 쓰도록 해."

—라고 한다. 언제나 괜한 한 마디가 붙지만, 역시 주변을 잘 챙겨주는 사람이다. 다음에 뭔가 좋은 아이템을 얻으면 나눠줘야지.

"오?!"

오늘은 숲속을 중점적으로 탐색하고 있었는데, 계속 걸어가자 나무로 가득 차 갑갑했던 시야가 한순간에 트였다. 아무래도 삼림지대를 빠져나온 모양이다.

빠져나온 곳도 특수한 지대가 아니라 그저 초원이지만, 평탄한 지형 속에 고독하게 솟아오른 딱 좋은 높이의 언덕을 발견했다.

몸이 빨려 들어가듯, 정신차려보니 나는 언덕의 정상까지 오르고 있었다. 음, 눈에 띄고 알기 쉬운 데다가 전망도 빼어나. 게다가 주위에 동물도 있어서 살기 좋아 보여!

"정했다! 여기를 임시 거점으로 해야지!"

얼른 목재를 쌓아 올려, 아슬아슬하게 두 명은 살 수 있을 정도의 건물을 지었다.

생존만을 최우선으로 했기 때문에 겉보기에는 완전히 두부 같지만, 뭐 임시 거점이니까 이 정도면 되겠지. 이제부터 어떻게 발전시켜갈까 생각하기만 해도 가슴이 띈다.

"음~ 마침 끊기 좋으니 오늘은 여기까지만 해둘까? 물론 다음에도 정기적으로 할 거니까 또 보러 와줘!"

자, 이제부터 본격적으로 스트제로에서 시작되는 월크 생활, 스타트다!

제4장

아와마시 숙박 콜라보

푸른 하늘 높은 곳에서 쨍쨍 내리쬐는 태양의 햇살과는 대조적으로, 나는 아직 몸을 이불에 파묻은 채 스마트폰에 울려퍼지는 전화를 받았다.

"야호야호~. 마시롱입니다~."

"아, 여보세요~, 아와유키입니다!"

나는 점심이 지난 뒤부터 평소처럼 마시롱과 통화를 하고 있었다. 오늘은 잡담만 하는 게 아닌, 다음 콜라보에 대한 의논이 본론이었다.

"이야~ 방금 라멘 먹으러 다녀왔는데, 배가 너무 불러서 일어설 수가 없어. 아와 쨩은 뭐 먹었어?"

"방금 일어났어요."

"야."

"아니~, 어제 의도치 않게 늦게까지 월크 방송을 해버려서 조금 정도는 괜찮지 않을까 해서……."

"너무 늦게 자면 몸 상태도 안 좋아지니까 적당히 해. 그리고 지금 당장 뭐라도 먹으세요."

"엑~ 배도 별로 안 고픈데……."

"안~돼."

"네~에."

서로 VTuber 활동 초기부터 콜라보를 자주 해왔으니까, 벌써 몇 번째일지도 모를 통화다. 이제 서로 딱딱함은 한 조각도 느껴지지 않는 자연스러운 모습으로 대화를 하고 있었다.

마시롱의 목소리를 듣고 있자면 진정된단 말이지. 요즘에는 특히 통화가 길어져 버리게 된다. 아와유키가 정중한 말투 설정이다보니 전화할 때 말투도 그걸 준수하고 있지만, 문득 깨닫고 보면 편한 말투가 튀어나오게 된다.

일단 최우선으로 정해야 하는 것부터 정리를 해둬야 하니까, 아침 식사용으로 사두었던 빵을 깨물면서 본론에 들어갔다.

현재 콜라보를 하기로 결정은 됐지만, 뭘 할 것인지는 아직 정해지지 않은 상황이다.

"이번 콜라보는 어떡할까요? 마시롱은 하고 싶은 거 있나요?"

"음…… 아, 사실은 이제 슬슬 아와 쨩의 신 의상을 준비하고 싶다고 운영 측에서 얘기가 나왔거든."

"헐?! 진짜요?!"

"응. 나도 슬슬 그리고 싶다고 생각을 했으니까, 기대해 줘. 뭐, 아직 옷의 이미지도 정해지지 않은 단계지만."

"야호~!"

VTuber에게 의상이 늘어나는 것은 가○라이더의 폼이 늘어나는 것과 같은 효력을 발휘한다. 터무니없는 전투력의 상승이다.

"아~ 하지만 이건 콜라보 내용은 아닌가? 이야기가 샛길로 빠져서 미안해."

"아뇨. 마시롱이 지금 그 보고를 해준 것만 듣고도 저는 오늘 해피하니까요."

……응? 잠깐만. 이건 좋은 아이디어가 떠올랐을지도 모른다. 일러스트레이터로서 나의 마마가 마시롱이기에 성립되는 기획─

"저기저기, 마시롱. 그 신의상 아이디어, 콜라보 방송에서 안 해볼래요?"

"어? 오호~ 그렇구나……."

"그게, 리스너들의 반응을 보면서 패션의 경향이나 액세서리를 정하는 것도 재미있을 것 같아서요."

"흐음. 확실히 참신한 기획이야."

"아, 물론 마시롱이 그런 작업을 보여주고 싶지 않다면 그만두겠지만요?"

"응~ 괜찮지 않을까? 재미있을 것 같아. 뭐든지 해보는 게 중요하거든. 실제로 방송 중에 나온 안을 그대로 채용할지는 모르지만, 리스너들도 기뻐해줄 거고."

"오, 그러면 해버릴까요?"

"그래. 하지만 한 가지 조건이 있는데, 괜찮을까?"

"조건?"

"응. 기왕이면 아와 쨩이랑 오프 콜라보를 하고 싶어서. 아와 쨩 혼자 살지? 하룻밤 자고 가도 돼?"

"오, 오프 숙박이라고요?!"

"단어가 섞여서 새로운 말을 만들어 냈잖아~."

사실 우리 아와마시 콤비는 라이브 스타트 때 한 번을 빼고 아직 오프에서 만난 적이 없다.

마시롱이 친가에서 살고 집이 멀다는 것이 주된 이유인데, 설마 이 순간이 와버릴 줄이야······.

아아, 위험해! 그렇게나 편안하게 이야기를 하고 있었는데, 갑자기 긴장되기 시작했다.

"일러스트용 장비는 내가 가져갈게. 어때?"

"무, 물론 괜찮아요! 하지만 오프 콜라보를 하고 싶다고 마시롱이 말해주다니, 조금 뜻밖이네요."

"아~ 그게~. 요즘 아와 쨩, 여러 사람들이랑 오프에서 콜라보하잖아. 콜라보 상대들이 좀 부러웠거든."

앤 뭔데 이렇게 귀여운 거지?

평소에는 쿨한 마시롱이 드물게 나에게 드러내는 달달함. 이건 하룻밤 자고 갈 게 아니라 영영 우리 집에서 살아줘.

"이 기회에 아와 쨩은 내 거라고 주장을 해두고 싶어."

"윽??!!"

"두근거렸어?"

이런……! 쿨계 소악마 톰보이의 파괴력은 아마게돈 급이다. 하마터면 내 머릿속이 아마게돈이 될뻔했어.

마시롱은 정말로 이런 갭을 잘 써먹는단 말이지이……. 어디까지가 진심인지 알 수 없는 이 요염함을 정말 참을 수 없어. 조공하고 싶다. 다음에 슈퍼챗 쏴야지.

뭘 할 건지 정해진 뒤엔 콜라보 당일의 시간이나 준비물 등등을 세세하게 정했다.

"아와 쨩, 당일엔 술 마실래?"

"음, 콜라보 날은 금주하는 날이 예정되어있으니 아마 이대로 갈 거예요."

"오케이~."

좀 더 자세히 말하자면, 안 그럴 거라 생각하지만, 내가 술에 취해 리얼라이프 마시롱에게 무슨 일을 저지르면 견딜 수가 없을 거니까…….

그러고 나선 잠시 다른 라이버의 화제 등으로 잡담을 하고서, 통화가 끝났다.

"좋아. 그러면 잘 부탁해. 또 봐~."

"네~!"

자, 마시롱을 맞이하기 위해 얼른 이것저것 준비를 해야지!

"자, 일단 먼저 청소를 할까요."

방이 그렇게 지저분하지는 않지만, 생활감이 너무 드러난 곳이 있으니까 그건 좀 보기 좋은 느낌으로 가야지.

그렇지만, 일단 청소기부터 돌리자.

"이런 느낌이면 될까?"

아파트에 혼자 사니까 집 자체가 그렇게 넓지도 않다. 덕분에 생각보다 빨리 청소가 끝났다.

다음은 뭐가 필요하지? 그러니까…….

아, 마실 거나 과자를 사두는 편이 좋을까? 냉장고에서 재고 확인을 해야지.

그렇게 생각하여 부엌으로 걸어가다 어떤 물체가 시야에 들어온 순간, 내 몸은 몇 초간 시간이 멈춘 것처럼 우뚝 굳어 버렸다.

"이거…… 내 생활에서는 흔히 보는 광경이지만, 아무래도 어떻게든 하는 편이 좋겠지……."

흔히 만화나 애니메이션에서 사춘기 남학생이 야한 책을 어딘가에 숨기는 것처럼, 나는 어떤 물건을 감추는 작업에 들어갔다―.

"아, 왔다!"

준비도 얼추 끝내고, 주인공은 언제쯤 오려나 안절부절 하는 사이에 벨 소리가 울렸다. 허둥지둥 빠른 걸음으로 현관에 가서 문을 열자, 라이브 스타트의 레코딩 이후로 처음 보는 리얼 마시롱이 묵직해 보이는 짐을 끌어안은 채 서 있었다.

"안녕? 사랑스러운 마시롱이 왔어요~."

"어서 와! 자, 얼른 들어와!"

"이야~. 아직 도심엔 익숙해지지 못했나 봐. 모든 것이 농축된 느낌이 나서 시골뜨기는 조금 지쳤어."

친구라고 부를 수 있는 사람을 자택에 들이는 것도 이 아파트에 이사한 이후론 처음이었다. 좀 긴장하게 되네.

"수고했어요. 마실 건 오렌지 주스, 콜라, 커피, 차까지 이것저것 있는데 뭐 마실래요?"

"스트제로는?"

"……그것도 있긴 해요."

"하하핫! 농담이야. 그러면 오렌지 주스 마실래. 선물로 케이크 사 왔으니까, 같이 먹자."

"정말인가요?! 신난다!"

둘이서 케이크를 먹으면서도, 역시 마시롱이 신경 쓰여 서 무심코 시선이 간다.

우와아, 깜짝 놀랄 정도로 피부가 새하얗고 예쁘다. 라이브 스타트를 녹음할 때도 생각했지만, 덧없는 느낌이 강해서 마치 요정 같아.

—그렇게 생각하며 관찰하고 있는데, 마시롱은 마시롱대로 내 방 곳곳을 힐끔거리고 있다는 걸 깨달았다.

"제 방이 신경 쓰여요?"

"아, 미안. 생각보다 평범한 방에 살고 있구나 싶어서."

"대체 어떤 방을 상상한 건가요……."

"글~쎄~ ♪ 후훗. 하지만 저 방음재 같은 건 스트리머의 단골이네."

"아, 마시롱도 써요?"

"물론. 친가에 살다 보면 소리는 더 신경 쓰게 되니까."

내 방의 벽에는 가능한 한 많은 방음재를 설치했다.

조금 운치가 없을지도 모르지만, 같은 건물에 생활하고 있는 사람이 있는 이상 스트리머로서 당연히 지켜야 할 에티켓이었다.

"이러면 내가 아와 쨩을 덮쳐도 안 들키겠네."

"넷?!"

"농~담이야."

"에이, 정말!"

"후후훗~."

큭! 조금 가슴이 뛰어버렸잖아. 평소의 앙갚음을 당해버렸다…….

"그건 그렇고, 이 케이크 맛있네요. 어느 가게에서 샀어요?"

"그게, 이름이 뭐였지? ······완전히 잊어버렸으니까 좀 조사해볼게."

마시롱이 답하고서 스마트폰을 들어 전원을 켰을 때, 나는 그것을 보고 말았다.

전원이 들어온 스마트폰의 홈 화면. 그곳에 설정된 것은 마시롱과 나의 아바타가 서로 웃으며 이쪽을 향해 V사인을 하는 투샷 일러스트였다.

게다가 그 그림은 틀림없이 마시롱 본인이 그린 것이리라. 몸까지 받은 내가 잘못 볼 리 없어.

그리고, 그리고! 그 일러스트는 내가 아는 한 어디에도 공개되지 않은, 처음 보는 것이었다. 다시 말해 이것이 의미하는 것은······.

"응? 왜 그래, 아와 쨩?"

"저기, 배경 화면이······."

"아아, 이거? 배경용으로 그렸지 뭐야. 잘 그렸지?"

이런. 이건 반칙이야. 내 얼굴이 뜨거워지는 걸 스스로도 알 수 있었다.

그러자 그런 나를 본 마시롱이 장난꾸러기 고양이처럼 방긋이 웃음을 지으며, 내 곁으로 쑥 다가왔다.

뭐, 뭐뭐뭐지?

"아와~쨩♪"

"뭐, 뭔데요?"

"자, 치~즈!"

"어, 어?"

"자 얼른!"

"으, 응."

"자 웃어~."

스마트폰의 카메라를 대각선 위에서 겨누는 마시롱의 말에 따라 나는 반사적으로 포즈를 취했고, 이윽고 셔터가 눌렸다.

어~ 이건…….

"리얼 버전 획득! 이건 잠금 화면의 배경으로 해버릴까?"

"으으윽??!!!"

무심코 뒤로 쓰러져 얼굴을 손으로 가려버리는 나였습니다.

아, 물론 두 장 다 나중에 받았습니다. 제 보물이에요.

그러던 사이에 머릿속에 있던 VTuber 마시롱과 리얼 마시롱의 모습이 점점 일치되어 나도 모르게 긴장이 풀렸다.

지금은 마시롱과 저녁 식사를 먹기 위해 주방에서 재료를 손질하고 있었다.

"저녁 식사까지 만들어줘도 돼? 뭣하면 내가 근처에 사러 갈 텐데?"

"괜찮아요. 늘 하는 일이니까~. 그런 마시롱이야말로, 뒤에서 보고 있지 말고 저기서 푹 쉬고 있어도 되는데?"

"아니, 나는 요리 못하니까 조금 신경 쓰여서. 방해는 안 할 테니까 봐도 돼? 아와 쨩의 요리에 흥미도 있어."

"보는 건 괜찮은데, 딱히 이상한 건 안 넣거든요……."

"스트제로는 안 넣어?"

"오늘은 그냥 고기 조림이니까 안 넣어요!"

"설탕, 소금, 후추, 맛술, 간장, 스트제로."

"스트제로를 조미료처럼 말하지 마세요!"

평소에는 귀찮게 느끼는 요리인데, 오늘은 어쩐지 시종 즐겁게 느껴졌다.

"잘 먹었습니다. 이야~! 정말로 요리 잘하는구나, 아와 쨩. 솔직히 놀랐어."

"입에 맞았다니 다행이에요. 저는 맛을 중시해서 그렇게 보기 좋은 요리는 못하지만요. 제가 요리를 하는 정도로 왜 그렇게 놀라는 건지 알고 싶은데요~."

"이런~, 이거 나도 안 되겠는걸. 너무 맛있어서 그런지 입이 멈추질 않아서 실언을 해버렸어. 이건 사과의 뜻으로 설거지를 해야겠네."

저녁 식사 뒤의 느긋한 시간 속, 농담을 섞으며 일부러 입을 삐죽거리는 나를 보고 과장된 찬사를 섞으면서 마시롱이 말했다.

"에이. 그런 건 내가 할게요. 애당초 화도 안 났고."

"괜찮아. 애당초 내가 할 셈이었으니까. 하룻밤 묵을 거니까 이 정도는 해야지."

내가 말리는 것도 뿌리치고 식기류를 정돈해서 첨벙첨벙 씻기 시작하는 마시롱.

그 예쁜 피부가 세제나 온수에 상하지 않을지 조금 걱정이지만, 그런 거라면 뭐 괜찮겠지. 두 사람 분량이니까 설거지 양이 그렇게 많지도 않아서 금방 끝날 거야.

음~. 그래도오……

"왜 그렇게 미묘한 표정이야? 아, 혹시 대가는 내 몸이 더 좋았어?"

"네헤?!"

"하룻밤 묵는다는 건 단골 시추에이션이잖아. 후훗. 아와 쨩, 엉큼해라♪"

"엣, 앗, 엣……"

"후훗. 그렇게 당황하니 귀엽네에."

위험해. 아까부터 리얼 라이프 마시롱이 라이◯ 소드[#38]도 깜짝 놀랄 파괴력을 보이는 탓에 내 안면이 트◯잠 상태다.

이대로는 「동기인 마마가 내 이성을 증발시키려고 하는데」, 호평 발매 중!이 되어버렷!

#38 라이◯ 소드, 트◯잠 애니메이션 「기동전사 건담 00」의 등장하는 용어. 전자는 더블오 라이저의 장비 중 하나이자, 굉장히 고위력인 무기인 라이저 소드. 후자는 작중 건담의 성능을 일시적으로 강화시키는 트란잠. 트란잠 상태에서는 기체의 색이 붉어지며 전투 능력이 3배로 상승한다.

나는 「전생했더니 스트제로였던 건」을 지금 자신의 인생으로 절찬 집필 중일 터. 그걸 잊지 마. 강철 같은 이성으로 머리가 슈와슈와하는 걸 막는 거야!

"너, 너무 놀리지 마세요! 정말이지……. 저는 목욕탕 청소라도 할게요!"

"후훗, 네~에."

나는 도망치듯 욕실로 갔다.

"읏~ 끈질겨……. 이런 게 다 있었네에."

목욕탕의 때와 결투를 벌이면서 나는 무심코 중얼거렸다.

나 말고 다른 사람이 쓴다고 생각하니, 평소 눈에 안 띄던 곳까지 신경 쓰이기 시작했다.

사람만 그런 게 아니라, 물건도 누가 보면 예뻐지는 법이구나.

"아와 쨩~! 설거지 끝났는데 어디에 넣으면 돼?"

그렇게 청소하다 보니 예상 이상으로 시간이 지나버린 모양이다. 부엌에서 마시롱의 목소리가 들렸다.

"저기, 그릇은 위쪽 수납장 오른쪽에……."

"오케이~. 오른쪽이면…… 여긴가?"

욕실 청소를 계속하면서 대답했지만 말로 설명해서는 마시롱이 모를 거라는 걸 깨닫고, 정확한 수납 위치를 알려주고자 청소를 일단 멈추고 부엌으로 갔다.

어라? 그러고 보니, 요리하는 걸 봤으니까 마시롱도 넣는 곳을 알려나?

아니, 그릇은 미리 필요한 만큼 테이블에 꺼내 놨으니까 모르겠구나.

……어라? 어째서 수납장에서 꺼내놨지?

………….

"아, 맞다!"

집 안임에도 나는 엄청 급하게 부엌으로 달려갔다.

그 수납장 안에는『그게』들어있을 텐데!!

"아―."

"아, 아와 쨩…… 저기…… 이건 꽤 대단한 물건이네……."

아무래도 이미 늦은 모양이다.

마시롱의 시선이, 내가 사전에 은폐하려 했던 것에 못 박혀 있었다.

마시롱이 눈을 떼지 못하는 것― 그것은 쓰레기 봉지였다.

그러나 그냥 쓰레기 봉지가 아니다. 너무나도 비장감이 떠도는 모습이기에 묘지라고 부르는 게 더 걸맞을 지도 모른다.

이름을 붙여보자면,『스트제로의 묘지』. 그건 내가 마신 무수히 많은 스트제로의 빈 캔이 버려진 집합체였다.

"음…… 그거 있지. 다크 판타지 게임에서 사람이 무수히 융합한 괴물 같은 거 종종 나오잖아? 나 지금 그걸 봤을 때랑 같은 심정이야."

"오해예요! 봉지 하나에 다 모아서 버리는 데다 쓰레기 버리는 날이 운 나쁘게 맞질 않은 것뿐이지, 단기간에 그런 양을 마신 게 아닙니다! 진짜로요. 그러니까 그게, 오해예요."

"응. 그렇구나. 오케이. 오~케이. 완벽하게 이해했어. 그러니까 진정해."

"으가아아아아아아아악!!!!"

수치심, 절망, 수습이 되지 않는 격한 감정의 폭풍 탓에 나는 괴성을 지르며 머리를 감싸 쥐었다.

설마 이걸 들킬 줄이야―「주정뱅이를 쓰레기로 재연해주세요」란 과제에 제출하면 A+ 확정인 이걸!!!

"괜찮아. 사람의 가치는 쓰레기 봉지 같은 걸로 정해지지 않아. 나는 아와 쨩을 위해서라면 이런 건 여유 있게 받아들여줄 수 있어."

"마시롱, 그건 그거대로 파트너를 위해서 타락하는 비극의 히로인 느낌이 나요……."

"아니, 그럴 셈은 아니었는데……."

전날의 플래그를 훌륭하게 회수해버린 다음, 내가 마음을 다시 일으켜 세우기까지 약 한 시간 정도의 시간이 필요했다…….

그렇게 저녁 식사 정리가 끝나고, 장비도 준비되어 드디어 맞이한 방송 시간. 방송을 시작하자마자 마시롱은 당연하다는 듯 아까 전의 모습을 대중에 공개해 버렸다.

"······이런 일이 있었어요. 이상, 아와 쨩 방 습격 리포트였습니다!"

"드디어 끝났어······. 이게 바로 공개처형이란 거군요. 듣는 동안 귀를 막고 싶었어요."

네. 그야말로 자세하게, 스트제로 묘지 이야기까지 전부 다 하셨습니다!

: 승천함ㅂㅂ

: 이건, 정말로 숭고함 그 자체다 ¥10,000

: 이런 것에······ 견딜 수 있을 리가······ 아아~(정화됨)

: 숙박이라는 S○X 쨩 죠아. 거기에 마시롱이 제안했다는 게 ㄹ○ 뒷목잡음.

: 요리의 필수조미료 -『설탕, 소금, 스트제로, 간장, 된장』

: 터무니없이 위험한 물건인 줄 알았더니, 스트제로 캔이라 안심.

: ↑이 형씨 환경에 적응하고 있군요.

: 그건 뭔 말이냐ㅋㅋㅋ

: 스트제로 캔의 집합체······ 총의 악마[39]도 아닌 스트제로의 악마냐?

#39 총의 악마 만화 「체인소맨」에 등장하는 악역. 어마어마한 살상 능력을 가지고 있어 작중 인물들에겐 공포의 대상이며, 「주변 1000미터 내의 남성」이나 「주변 1500미터 내의 모든 아이」에게 공격 등 특수한 조건 아래에서 인명을 살상하는 것으로 묘사된다.

: 주변 1000미터 내의 모든 여성과, 가슴둘레 1500미터 내의 18세 이상인 어른에게 성희롱을 하는 능력이라도 가졌을 듯.

: 가슴둘레 1500미터는 뭐냐ㅋㅋ 공격 대상이 의미불명이잖아.

: 스트제로 『……ㅕ 줘…… 버려줘……』

: 히이익?!

: 근데 마시롱한테 먹힐 것 같은 청초한 라이버는 대체 누구? 신인이야?

: 신인 아냐. 활동 휴식하다가 복귀했지.

: 활동 휴식은커녕 매일 방송하고 있단 말이지~.

: 청초한 아와 쨩이 마시롱에게 암컷 타락했다고 들었는데요 ¥50,000

근데 옛날에는 이렇게 마시롱이 리드하는 느낌이 평범했단 말이지. 어쩐지 그립구만.

: 지금도 옛날도 다 좋아.

: 이것이 이상적인 올드 팬의 자세.

〈소우마 아리스〉: 최애가 행복해 보여 대단히 기쁩니다! 슈퍼챗 보내고 싶지만 결제 한도에 막혔습니다!

: 아리스 쨩(울먹)

그건 그렇고 실시간 시청자 수가 장난 아니네. 채팅이 올라가는 속도가 너무 빨라서 눈으로 따라가는 것도 힘들다.

첫 오프 콜라보에 첫 숙박이니까, 이제 그냥 콜라보라기

보다 하나의 이벤트란 말이지. 기껏 와준 모두가 즐거울 수 있게 힘내야겠어!

"자, 그러면 서론은 이쯤 해두고. 아까 대략적으로 설명했지만 오늘은 아와 쨩의 신 의상을 모두 함께 생각해볼까 해."

"모두의 패션 센스를 진심으로 기대하고 있습니다!"

"좋아 보이는 아이디어가 나오면 내가 간단한 러프를 그릴 테니까, 그 감상도 잘 부탁해!"

"그러면 우리도 생각해볼까요! 혹시 마시롱이 생각하는 구도는 있나요?"

"음~. 애초에 아와 쨩에 쓸지 슈와 쨩에 쓸지 망설이고 있거든."

"아……."

그러고 보니 나는 이율배반의 생명체였지. 코미디 쪽과 청초 쪽으로 너무나도 갭이 크니까 복장에 일관성이 없어.

지금도 슈와는 슈와, 아와는 아와로 옷을 완전히 구분해서 쓰고 있는 상태다. 라이브 스타트 때는 아예 다른 사람 취급마저 당했었지…….

으음~ 그래도…….

"기왕 마시롱이 그려주는 거니까, 되도록 많이 입을 수 있는 옷이 있으면 좋겠는데요……."

"오? 슈와 쨩과 아와 쨩, 둘 다 공용으로 입게?"

"네. 하지만 어렵겠죠……."

"으음~. 분명히 고민되긴 하지만……. 좋네, 한번 생각해 보자. 좋은 아이디어가 나올지도 몰라."

"정말이요? 야호!"

"리스너 여러분도 이 방향으로 생각해주면 좋겠어."

: 옛썰!

: 마시롱이 내 아이디어를 그려준다니, 내 돈을 받아줘!

: 진짜로. 어마어마한 찬스지.

: 저요저요저요! 스트제로의 봉제인형! 이것밖에 없어!

: 아~ 그거, 정답이네.

: ㅋㅋㅋ

"아니, 완전 오답인데요! 방금 한 얘기 들었어요?!"

"잠깐 기다려, 아와 쨩. 우리는 완전무결하지 않아. 무슨 일이든 해보지 않으면 결과의 100%를 알 수 없는 법이잖아. 내가 한 번 그려볼 테니까 판단은 그 다음에 하자."

"아니, 마시롱이 지금 옆에 있으니까 확실히 알 수 있는데요. 『아, 이거 재밌겠다』라고 눈이 말하고 있어요!"

"어쩌면 미지의 화학반응으로 마스코트 캐릭터 같은 귀여움이 생길지도 모르잖아!"

눈빛을 반짝이면서 무시무시한 스피드로 태블릿에 펜을 놀리는 마시롱.

그리고 완성된 것은 목 아래가 거대한 스트제로의 캔에 들어가 있고, 캔 뚜껑에서 얼굴만 쏙 내민 아와유키의 모습이었다.

"후우, 하나 완성이야."

"아니아니, 이걸로 성취감을 느끼지 말아주세요! 뭐, 슈와의 의상으로는 좋아요. 아니, 사실은 안 좋지만요? 이걸 입으면 사람으로서 소중한 것을 잃을 것 같으니까요. 하지만 타협에 타협을 거듭해서 좋다고 칩시다. 그래도 말이죠? 아무리 그래도 청초 노선인 아와가 어느 날 갑자기 이 의상을 입고 『오늘 밤은 예쁜 담설이~』라고 말하기 시작하면 그건 이미 대형 사고라니까요? 마시롱도 동기들 중에 인체의 85%가 알루미늄인 녀석이 있으면 이상하지 않겠어요? 그건 이미 라이버가 아니라 SCP 오브젝트라니까요."

"근데 라이브온이니까 한 명쯤은 있어도 괜찮지 않을까? 그리고 이미 방송 종료로 비슷한 사고를 친 네가 할 말이야?"

"그건 그렇긴 하네요."

: ㅋㅋㅋㅋㅋㅋ

: ㄹㅇㅋㅋ 바로 납득하는 거냐고.

: 아와 쨩, 당신은 개조 당했습니다. 목 아래가 스트제로로 교체되어, 지금의 당신은 스트제로 인간입니다!

: 무의미한 개조는 관두자.

: 쇼ㅇ#40도 기겁할 개조법ㅋㅋ

#40 쇼ㅇ 특촬 드라마 「가면라이더」 시리즈에 등장하는 악의 조직, 「쇼커」. 인간을 납치해 동식물을 모티브로 한 괴인으로 개조하여 세계정복을 노린다.

: 이것이 예술이라는 건가요?

: 스트제로 인간은 대체 뭐냐…….

: SCP-0000 슈와 쨩. 등급: Safe

: 그건 Out이겠지.

"자, 아와 쨩! 이 의상에 대한 감상은?!"

"완전완전 오답입니다!"

내가 성대하게 태클을 걸고 첫 번째 아이디어가 끝나자, 그때부터 둑이 터진 것처럼 대량의 아이디어가 채팅창에 흐르기 시작했다.

: 세이 님을 본받아서 오로지 전라!

: 역 버니!

: 가○라이더 V3!

: 건강하고 섹시한 걸로! 핫팬츠 같은 거!

: 청초 = 상쾌함 = 탄산 = 스트제로로 볼 수 있으니까, 레몬 무늬에 거품을 단 느낌의 원피스 같은 것도 좋아보여.

: 우반신이 슈와 쨩, 좌반신이 아와 쨩이라 각각의 면을 보이며 말하는 아○라 남작 같은 모습은 어때?

이야~. 정말로 카오스한 채팅창입니다……. 제대로 된 아이디어와 명백하게 드립이 목적인 개그 아이디어가 마구 뒤섞였네. 이것만으로『리스너 혼신의 신 의상 제안 모음집』같은 영상 하나가 만들어질 기세다.

"이제 일일이 다 태클을 걸 수가 없어요. ……굳이 따지자면 전라는 의상이 아닙니다. 저는 벌거벗은 임금님인가요……?"

"에이, 그래도 섹시 노선은 재밌을지도 모르잖아?"

"확실히 그건 가능한 노선이네요. 슈와한테도 어울릴 것 같고. 하지만 아와의 청초와 섹시는 들어맞는 걸까요?"

"매력이라는 건 갭에서 태어나기도 해. 평소에 청초한 옷을 입고 있으니까, 피부를 드러냈을 때의 음란함이 한층 눈에 띄는 법. 핫팬츠 같은 건 시험해볼 가치가 있다고 생각해."

"그렇군요!"

나도 굉장히 납득이 되는 설명이라 기대에 가슴이 부풀어, 마시롱의 손과 그림이 그려지는 화면을 응시했다.

펜은 멈출 생각을 하지 않고 화면 위를 미끄러지듯 움직였다. 그러면서도 자신감이 넘치는 강함이 확실히 깃든 일러스트 러프가 완성됐다.

으음~. 처음 생각했던 대로 핫팬츠에서 드러난 유연한 다리가 매력적이다. 아와유키는 의외로 키가 크니까 더욱 보기 좋아.

하지만, 그렇지만…….

"왜 주머니 부분에 천이 없는 건가요, 마시롱……?"

원래 주머니가 있어야 할 장소에 천이 전혀 없어서, 안쪽의, 저기, 그게, 속옷이 조금 보여 버리지 않나요?!

"내가 아는 핫팬츠가 아닌데요, 이거어!"

"진정하시게, 아와 쨩이여. 잘 듣게나. 이것은 보여줘도 되는 팬티라네."

"흘깃 보인 팬티라면 모를까, 청초 캐릭터가 언제나 보여줘도 되는 팬티라는 건 이 세상에 존재하지 않아요!"

"보이지 않아도 되는 팬티 따위 존재하지 않아!!"

"갑자기 무슨 명언 같은 소리를 하는 건가요……."

: 흐응~. 꽤 야하잖아.

: 검은 천이 보여서 아윽~!!!!

: 빼면 안 돼, 빼면 안 돼, 빼면 안 돼.

: 최저다, 나.

: 아주 살짝 보이는 것뿐인데 묘할 정도로 자세히 그린 팬티라 겁나 웃김.

: 마시롱은 역시 모두의 희망이구나.

"분명히 근사한 건 인정할게요. 내심 기쁘고 슈와가 이 자리에 있었으면『딸감! 넌 내꺼야!』라고 했을 가능성도 부정 안 해요. 하지만 지금의 저는 청초 캐릭터로서 저항해야만 합니다!"

"좋아, 알았어. 그러면 팬티가 안 보이면 되는 거지? 좋아, 그러면 처음부터 팬티를 안 입으면 되는 거야!"

"이봐요오오오오??!!"

슬쩍 보이고 있던 검은 천이 사라지고 거기에 살색이 덧칠되었다.

이거 정면에서는 그나마 괜찮을지도 모르지만, 측면에서 보면 분명히 안쪽의 그렇고 그런 곳이 보이게 되잖아!

"체포! 이 옷 입고 나가면 체포당해요!"

"괜찮아, 아와 쨩. 이건 말이야, 보여줘도 되는 사타구니야."

"그거, 그냥 말해보고 싶었을 뿐이죠……?"

: 라디오 체조 하나, 시~작! 일단 손을 위아래로 움직이는 운동부터! 자! 하나, 둘! 하나, 둘!

: 기쁨에 가슴을 열었구나.

: **¥50,000**

: 엣찌젠 료마[#41]입니다. 현재 무아의 경지에 있습니다.

: 아와의 호흡, 4545의 형. 백탁액!

: 태클과 바보짓하던 두 사람의 역할이 바뀌었네ㅋㅋ

그 뒤로는 배드걸이 아닌 스트걸이나, 노출도를 줄인 캠페인 걸 등등 갖가지 의견들이 태블릿 위에서 춤추었다.

그리고 그 중에서 가장 많은 지지를 받은 것이 이거다.

레몬색의 노란 스커트에, 탄산의 슈와슈와를 의식한 물방울무늬를 기하학적 디자인으로 배치한 블라우스를 맞춘 의상.

더욱이 눈의 결정을 이미지한 귀걸이와 목걸이 액세서리로, 아와유키 요소와 −196℃를 표현했다.

#41 엣찌젠 료마 만화 「테니스의 왕자」의 등장인물. 「에치젠 료마」의 패러디. 이 작품의 뮤지컬 「테니스의 왕자님」은 초창기에 배우들의 좋지 않은 발음으로 인해 인터넷에서 몬더그린으로 큰 인기를 끌었다. 그 중 하나로 「에치젠」이 야하다는 단어가 포함된 「엣찌젠」으로 불렸다.

아와와 슈와의 조화를 알맞게 갖추고 있으며, 내 감상으로는 흠잡을 곳이 없는 디자인이다.

"후우―. 운영 측과 상담도 해야 하니까 아직 이 디자인으로 확정이 된 건 아니지만, 꽤 좋게 완성됐어."

"그렇네요. 마시롱, 그리고 리스너 여러분! 정말로 고맙습니다!"

이제 이번 방송의 목적은 끝났으니, 슬슬 목욕하고 양치하고 자자!

"마시롱, 먼저 목욕해도 돼요~. 손님이 우선이니까, 어서어서!"

"응? 무슨 소리야? 같이 해야지?"

"……네에에?"

지금 뭐라고……?

"아와 쨩, 뭐해? 얼른 목욕하자."

"어, 저기, 그러니까 먼저……."

"같이 안 해?"

당연한 것처럼 말하는 마시롱에게 리액션마저도 제대로 못한 채 아연해졌다.

어? 이건 말 그대로의 의미지? 무슨 은어 같은 건 아니지?

그렇다면…… 대체 무슨 일이 일어나고 있는 거지?!

"설마 마시롱이 취했나? 하지만 오늘 요리에 스트제로는 안 넣었는데……. 그렇다면…… 세이 님이 뿜어낸 독성 전

파에 노출된 건가?"

"세이 님한테 사과하세요. 아니 그것보다도 잊어버렸어? 처음에 같이 하자고 했던 건 아와 쨩인데."

"어?"

어떻게 된 거지? 난 그런 기억이 없는데. 설마, 카이바 세이[#42] 님의 에너미 컨트롤러가 한 짓인가?

하얀 얼굴의 백룡! 멸망의 칼피스트림!!

……아무것도 아니야.

"—그 왜, 전에 애니카 방송했을 때. 알몸의 교제를 진심으로 희망한다고 했잖아."

슈와였을 때의 얘기였냐!!

아아, 하지만 확실히 그랬었지. 거절하는 걸 전제로 말했었는데 「하다못해 아와 쨩이라면 OK」라는 설마 했던 대답이 돌아왔었지.

그치만 설마 여기서 복선 회수를 할 줄은!!

"하, 하지만 우리 집은 대중탕이 아닌데요?"

"응~. 뭐 그래도 비슷한 거니까 상관없잖아?"

"그렇게 얼렁뚱땅……."

"음~! 내 욕탕엔 못 들어오겠다는 거냐앗!"

"아니, 들어가는 건 제 욕탕인데요."

#42 카이바 세이님 만화 「유☆희☆왕」의 등장인물 「카이바 세토」의 패러디. 그가 사용한 마법 카드 「에너미 컨트롤러」의 효과음은 인터넷에서 인기를 끌었으며, 그를 상징하는 몬스터 카드인 「푸른 눈의 백룡」의 기술명은 「멸망의 버스트 스트림」.

"아하핫, 하긴 그렇네. 하지만 같이 씻고 싶은 건 진심이야. 아와 쨩은 싫어?"

"아뇨, 깜짝 놀랐을 뿐이지 싫지는 않아요. 하지만…… 제가 덮쳐버릴지도 몰라요?"

"괜찮아. 오래 알고 지낸 아와 쨩한텐 신뢰가 있으니까."

어째서 그만큼 자신만만하게 말을 할 수 있는 걸까? 내 기억으로는 걸핏하면 성희롱 발언을 연발했을 텐데…….

뭐, 하지만 마시롱이 같이 하고 싶다고 말했으니 좋아. 어차피 수학여행 같은 기분이겠지. 엄한 일 같은 건 없어~ 없다고.

윽…… 하지만 체형을 보여주는 건 좀 부끄러울지도…… 요즘 운동을 못했으니까…… 그렇지!

"그러면 일단 바스타월을 서로 몸에 감으시죠! 몸을 씻을 때도 안 본다. 그거라면 환영입니다!"

"에엥…… 뭐, 좋아. 오케이! 얼른 가자. 그런고로 방송 소리 뮤트합니다~. 조금만 기다려 줘."

: 아~ 참을 수 없사와요~.

: 레전드 갱신 ¥20,000

: 나는 말이야. 목욕탕의 욕조가 되고 싶었어.

: 그렇구나…… 그러면, 내가 할아버지 대신 되어줄게[43]. 맡

---

[43] 내가 할아버지 대신 되어줄게. 게임 「Fate/stay night」의 주인공, 「에미야 시로」가 자신의 양할아버지인 「에미야 키리츠구」에게 했던 대화를 패러디. 정의의 사도가 되고 싶었다고 회상하는 키리츠구에게, 어린 시절의 시로가 대신 그 꿈을 이뤄주겠다고 말하는 장면이다.

겨두라니까!

　　: 아니, 양보 못한다! 절대 양보 못한다아아!!

　　: 어라~?

"후~. 이야~. 목욕은 좋네에. 힘이 빠지고 몸이 녹을 것 같아."

"그, 그렇네요."

나는 긴장해서 몸이 뻣뻣한데요~!!

서로의 머리랑 몸을 다 씻고서, 지금 정말로 둘이서 욕조에 들어와 있습니다.

조금 좁은 욕조니까 아까부터 어깨가 평범하게 딱 붙어 있어요.

바스타월을 두르고 있다지만, 마시롱 쪽을 보면 섹시한 쇄골이—.

이건 직시할 수가 없어…….

"아와 쨩 말이야, 꽤 크네."

"뭐, 뭐가요?"

"바스트 말이야. 멋진 걸 가지셨습니다."

"아, 아아~ 그거요. 그렇게 크진 않은 것 같지만요……."

나는 여전히 수면을 향해 시선을 내린 채로 답했다.

"아니, 나랑 비교하면 역시 커. 애니카 콜라보 때 나한테

미끈납작이라고 한 거, 안 잊었거든~."

"앗, 그건! 아바타의 마시롱에게 한 말이니까요."

"그러면 현실에서 내 가슴은 크고?"

"……네."

"아~ 거짓말했어! 아까부터 시선 돌리고 있으면서 어떻게 아는 건데~?"

"히, 힐끔 보였으니까요! 아, 보였다고 해도 타월 두른 상태에서요!"

"정말~? 음~. ……역시 납득이 안 가네~. 자, 지금 내 가슴을 똑똑히 보고 판단해."

"에, 에엑?!"

"얼른얼른!"

으윽, 이건 안 하면 납득 안 해줄 것 같은데…… 솔직히 사이즈를 알 정도로 보지 않은 것도 사실이다.

뭐, 타월을 두른 상태니까 문제없겠지. ―그렇게 생각하여 시선을 마시롱에게 돌렸는데―.

"어?"

"니히히히."

본래는 타월로 감추고 있어야 할 장소― 그곳에 틀림없이 사람의 부드러운 살로 된 얌전한 둔덕이 두 개 나란히 있었다.

그 대신 타월은 마시롱의 허리 부근까지 내려갔고, 더욱

이 마시롱은 또 장난스럽게 웃었다…… 이건 그러니까……,

??!?!?!!

"꺄아아아아!! 마시롱 엉큼해! 변태! 세이 님—!!"

"그러니까 세이 님한테 사과하세요."

그렇게 오래 목욕한 것도 아닌데 더위 먹을 것 같은 시간이었습니다…….

그건 그렇고, 오늘의 마시롱은 한층 텐션이 높은걸. 대체 무슨 일이지?

"좋아. 그럼 이제 그만 잘까, 아와 쨩?"

"그렇네요."

목욕을 마치고 이미 방송도 종료했기 때문에, 오늘은 이제 자기만 하면 된다.

으아~. 그건 그렇고, 참 성공적인 방송이었다. 아무래도 카탓타의 트렌드에서도 상당히 상위에 오른 모양이다.

멋지게 일을 처리한 뒤라 그런지 기분 좋게 잘 수 있겠어. 마시롱 옆에 가서 나도 자야지.

응. 목욕한 시점에서 예상은 했지만, 당연한 것처럼 같이 자게 됐거든.

이제 혼란에 빠져도 어쩔 수 없으니 즐기기로 했다. 그래, 오늘은 신께서 내려주신 포상 데이라고 생각하자.

동침이쥐롱~ 햣하~!!

"어때? 아와 쨩, 잘 수 있겠어?"

"음…… 솔직히 미묘해요."

"응, 어째서~?"

"바로 옆에 소악마가 있으니까요~."

"어라라라, 그건 큰일이네. 하지만 나는 꽤 졸려어. 오늘은 조금 들떠버렸어."

"확실히 마시롱은 오늘 계속 즐거워 보였어요. 집으로 초대를 한 제 입장에선, 즐기셨던 것 같아 안심했어요."

"……만약 조금 지나쳤다면 사과할게."

"아뇨. 말은 그렇게 했지만 저도 즐거웠어요. 하지만 어쩐 일이에요? 좀 멀리 나와서 여행 온 것 같은 기분인가요?"

"음…… 여기서부터 잠꼬대!"

"네?"

"잘 들어. 여기서부터는 전부 잠꼬대입니다. 그러니까 『이 녀석, 이상한 소리 하네』하면서 들어주세요."

"그, 그래요."

그러는 마시롱은 이불 안으로 파고들더니, 나한테서 얼굴을 숨긴 상태가 되었다.

뭔데, 뭔데? 도무지 의도를 읽을 수가 없는데?

그러나 머리 위에 「?」를 띄운 나는 내버려둔 채, 마시롱은 담담하게 본인 말로는 『잠꼬대』를 하기 시작했다.

"나 말이야. 데뷔한 이래로 줄곧 아와 짱을 봐왔다고 생각해."

그건, 너무너무, 마치 눈의 추위로부터 몸을 지켜주는 머플러 같은 상냥한 음색으로 시작되었다.

"당시의 아와 쨩은— 아니, 지금도 그런가. 표현은 좀 그렇지만 재주가 좋지 않았어. 필사적으로 뭔가 소재를 찾아서 매일 방송을 하고, 그때마다 나에겐 마음이 깎여나가는 것처럼 보였어."

"……네."

"나는 노력하는 애가 좋아. 그런 사람이 보답을 받으면 좋겠다고 생각하고, 그런 세상이기를 언제나 바라고 있어. 딱 잘라 말해서 난 그런 애가 최애거든. 그러니까 그런 아와 쨩을 쭉 응원했어. 이건 절대 내가 아와유키의 마마라서가 아니라, 그저 한 명의 팬으로서 응원하고 있었어."

그녀가 조용히 자아내는 말들. 그것 하나하나엔 마시롱의 마음에서 나온 열이 확실히 담겨 있었다.

나는 자연스럽게 눈을 감고, 하나의 소리도 놓치지 않고자 모든 것을 받아들이려고 했다.

"조바심, 불안, 실망……. 분명히 여러 감정이 있었을 거야. 초창기부터 계속 봐오면서 고민 상담을 해온 나는 깨달았어. 아와 쨩은 방송을 즐기지 못하고 있다고 말이야."

당시의 모습이 뇌리에 플래시백된다.

주변 사람들과 인기의 차이가 커지고, 어떻게든 해야 한다는 생각에 마음이 침식되어 더 이상 그것 말고는 생각하

지 못하게 된 과거의 내 모습이 감고 있는 눈꺼풀 안에 비
쳤다.

하지만 지금의 나는 그 광경을 보고 마이너스의 감정을
품지 않았다. 느껴지는 것은『그립다』나,『그 무렵엔 길을
잃고 있었지~』라는 회고의 감정. 떠올리며 웃음마저 나올
정도가 되었다.

분명 그것은— 내가 자기 자신을 받아들일 수 있었기 때
문이다.

"하지만 그 방송 종료 실수를 계기로 단숨에 변화가 생
겼어. 나날이 아와 쨩의 목소리가 밝아졌어. 웃는 일도 늘
어났어. 그리고 오늘, 직접 만나서 확신했어. 스스로는 눈
치 못 챘을 지도 모르지만, 방송 중에도 아닐 때도 아와 쨩
은 생생했어. 즐거워 보였어. 그러니까, 나도 어쩐지 기뻐
졌단 말이야……. 아하하. 조금 들떠버렸어. 나답지도 않
아서 창피해."

"마시롱……."

"다행이야…… 정말 다행이야……."

당시의 나는 멋대로 고독을 느끼고 있었다. 모두가 구름
위에 있는 것 같았다.

하지만 지금은 돌아볼 때마다 곁에 있어주는 사람이 있
다. 동기나 선배나 매니저, 그리고 지금도 나를 위해 떨리
는 목소리로 기뻐해주는 친구.

학생 시절이라고 딱히 눈에 띄지도 않았다. 취직한 곳은 칠흑 같은 어둠에, 입버릇은 「죄송합니다」였다. 하지만 지금의 나는 행복한 사람이야. 무엇보다도 소중한 사람들과 함께 무엇보다도 소중한 시간을 지금 보내고 있으니까.

"축하해, 아와 쨩. 계속 응원하고 있었어. 그리고 앞으로도 응원할 거야. 코코로네 아와유키의 팬 제1호로서. 그리고 같이 절차탁마하면서 VTuber계를 키워가자. 이건 이로도리 마시로로서야."

"고마워, 마시롱. 지금까지도, 그리고 분명 앞으로도."

"무척 좋아해, 아와 쨩."

"네, 저도 무척 좋아요."

서로의 손이 마치 자석처럼 이끌려, 상냥하지만 결코 떨어지지 않게 이어졌다.

방금 잠들 수 없을 것 같다고 말했지만, 신기하게도 당장이라도 따스한 감정에 휩싸여 잠들어 버릴 것 같았다.

"잘 자, 아와 쨩."

"잘 자요, 마시롱."

오늘 밤은 좋은 꿈을 꿀 것 같아―.

"잊은 건 없어요?"

"응, 다 챙겼어! 그러면 슬슬 갈게."

"조심해서 가요. 또 놀러 와요!"

"응, 또 봐~."

잠에서 깨어난 우리는 평소와 크게 다를 바 없는 대화를 나누고, 점심 무렵이 되어 마시롱은 돌아가게 되었다.

나는 이야기의 마무리가 그야말로 마시롱답다고 생각하면서, 그녀의 작아지는 뒷모습을 배웅했다.

이윽고 보이지 않게 되자, 집 안으로 돌아온 나는—.

"좋아! 오늘도 힘내야지!"

—그렇게 힘차게 말했다.

시내의 아무 특색 없는 선술집. 그곳에는 아와유키의 매니저인 스즈키와 아사기리 하레루의 안쪽 사람인 모가미 히나타, 그 밖에도 라이브온의 사원이 몇 명 모여 있었다.

무슨 용건이 있어 모였냐 하면, 딱히 그런 건 없는 단순한 술자리였다. 휴일 전에 사이좋은 사원들이 모여서 술을 마신다. 흔한 광경이다.

"저기요, 히나타 씨. 이제 슬슬 라이브~ 해요~."

"응~? 라이브라면 매주 몇 번이나 하잖아~?"

"그게 아니라, 라이브장에 수많은 손님을 모아서 하는 음악 라이브요~. 이제 해보지 않을래요~? 히나타 씨의 솔로 라이브, 분명히 엄청날 거라니까요!"

술의 힘을 빌어 일단 제안을 해봤지만, 사실 스즈키는 어떤 대답이 돌아올지 알고 있었다.

여태껏 같은 제안이 술자리나 회사 내부 회의에서도 올라온 적이 있지만, 히나타의 대답은 일관되게 NO였다.

모가미 히나타라는 인물은, 천재적인 재능을 가졌으면서도 자신이 주역이 되는 것을 전적으로 피하는 경향이 있다.

겉으로는 드러내지 않기에, 아마도 코어한 리스너들마저도 눈치 챈 사람은 적을 것이다. 라이브온을 성장시킨 주역이기도 한 그녀는, 자신만 눈에 띄는 행위나 자신을 위한 기획은 모조리 거절하는 주의였다.

왜냐고 물어봐도 그 대답까지 얼버무린다. 그래서 현재 그녀가 솔로라이브 따위의 기획에 승낙해주는 것은 불가능하다는 것이 라이브온 내 통설이었다.

그러나 제안을 아무리 거절당해도 스즈키가 포기하지 않는 것은, 성공을 확신하기 때문이었다. 그리고 무엇보다도 일개 팬으로서 모가미 히나타라는 인간이 더욱 빛나길 바라기 때문이다.

그녀의 포텐셜이라면 지금보다 훨씬 더 위를 노릴 수 있다. 그것이 눈에 보이며, 그걸 알고 있으니까 포기하지 못한다.

오늘도 어차피 거절하겠지―. 하지만 그녀에겐 라이브 개최라는 선택지가 있다는 것을 잊지 말아줬으면 좋겠다. 스즈키는 그런 생각으로 종종 제안을 반복하고 있었다.

그러나― 이날의 히나타는 스즈키의 상상과 정반대의 대답을 했다.

"좋아."

"" ""

스즈키뿐 아니라, 옆에서 다른 화제로 신나게 대화를 나누던 라이브온의 사원들이 일제히 그녀를 돌아봤다. 그리고 하나같이 말없이 눈을 크게 떴다.

""우오오오오오오오오오오!!!!""

그리고 몇 초 뒤에 놀라움이 환희로 바뀌었다.

평소에는 차분한 스즈키마저 큰 소리를 내면서 옆자리 동료와 얼싸안았다.

마치 축제 같은 소동이지만, 이것은 히나타라는 인물이 그만큼 많은 동료들에게 지지를 받고 있다는 것을 증명하는 것이었다.

라이버이기도 하면서 회사에서도 중심인물이며, 어떠한 일이든 여유작작하게 해내는 모습은 수많은 동료에게 존경을 모아왔다. 그리고 그렇기에 자신에게는 소극적인 모습이 안타까웠다. 그것이 이 자리에서 단숨에 기쁨으로 해방된 것이다.

"─하지만 조건이 하나 있어."

히나타의 그 말에 다시 주변이 조용해지고, 주변 모두의 시선이 한 곳에 모였다.

그 가운데에 놓인 히나타는 입가를 씨익 끌어올리고, 이렇게 말했다.

"라이브 마지막에, 슈왓치랑 서프라이즈 콜라보로 한 곡 부른다. 그거라면 좋아."

─아와유키 격동의 나날은 계속된다…….

『VTuber인데 방송 끄는 걸 깜빡했더니 전설이 되어있었다』, 줄여서 『V전설』 2권을 구매해주셔서 정말 감사합니다. 작가인 나나토 나나입니다.

사실 이번 2권의 내용을 고민할 때, 때마침 서적화가 정해진 시기가 겹쳤습니다. 그래서 1권과 비교했을 때 도입부부터 패러디 요소에 더해 강렬한 캐릭터의 개성을 살린 캐릭터 소설로서의 면이 강해졌습니다.

4기생도 등장하게 되었으니, 독자적으로 퍼지는 라이브온의 세계를 앞으로도 즐겨주시면 좋겠습니다.

그리고 여기서부터는 1권 발매 뒤의 이야기가 됩니다만, 이것은 꿈이 아닐까 생각해버릴 정도로 여러 가지 일이 일어났습니다.

저도 간이 떨어질 만큼 압도적인 완성도를 자랑한 PV가 큰 인기를 끌어 모 대형 동영상 스트리밍 사이트에서 인기 급상승 탭에 들어간 것을 시작으로, 현실에서도 너무나 좋아하는 VTuber 여러분의 반응을 받고, 라이트노벨의 상을 받기도 하는가 하면, 편집자님의 부담이 염려될 정도로 많은 기획이 움직이고 있습니다.

  결과적으로 몇 번이나 대 증쇄가 되어서, 라이트노벨계에 커다란 충격을 준 스타트 대시가 된 것 같습니다.

  현실에서도 전설을 남기는 그 모습에, 원작 재현이라는 말도 들었습니다.

  이렇게 화려한 성과를 올릴 수 있었던 요인이라면 주변 분들의 도움이 컸다, 그렇게 생각합니다. 저 혼자서는 도저히 도달할 수 없었습니다.

  V전설의 세계를 색칠해주시는 관계자 여러분, web판을 지지해주신 여러분, 그리고 서적을 구매해주신 여러분에게 진심으로 감사를 올립니다.

  정말로 고맙습니다!

  마지막으로, 여기서부터는 선전입니다만 코코로네 아와유키의 공식 Twitter 계정이 가동됐습니다.

  일반적인 홍보용 계정의 범주를 넘어선 유니크한 트윗을 볼 수 있으니, 부디 팔로우를 부탁드립니다!

  또한, 아무 일 없다면 후속권이 나올 겁니다.

  3권에서는 아마 web판에서 손꼽히는 인기를 자랑했던 그 에피소드가 실리게 될 겁니다. 4기생을 비롯하여 라이버들도 아직 이 정도로 끝나지 않을 것이니, V전설을 앞으로도 잘 부탁드립니다!

다시 뵙게 되었습니다. 불초역자 인사 올립니다.

아시는 분이 있을지 모르겠습니다만, 역자의 생활은 어느 정도 규칙적입니다. 하루가 26~28시간이란 의미에서요. 통잠을 7~8시간 자고서 일어나 밥 먹고 일하고 뭐하고 하다가 낮잠을 한두 시간쯤 자고 다시 활동하다가 자다 보니까 생활 사이클이 대략 26~28시간 정도가 되는 겁니다.

그러다 보니까 활동 시간이 매일매일 점점 이동하게 됩니다. 낮에 활동할 때도 있고 밤에 활동할 때도 있는, 도저히 지구인 같지 않은 생활을 하고 있어요. 이것이 소위 말하는 버추얼 유튜버 인생에 도움이 되기도 하죠. 간단히 말해서 활동 시간이 계속 밀리다 보니까 평소 시간대가 다른 해외 버튜버들의 방송 시간과 겹칠 때가 있습니다. 영어가 짧아서 영어권 방송의 경우 다 알아듣지는 못하지만요. 그래도 라이브 방송을 작업용 BGM 삼아서 틀어놓기만 해도 뿌듯하고, 다 알아듣진 못해도 역시 라이브를 보면서 느낄 수 있는 재미란 게 있으니까요.

그러면 단점이 뭔지 말해보죠. 그럴 때는 당연히 국내

시간대랑 안 맞게 됩니다! 하하하하! 특히 역자는 직업도 이렇다 보니 일본어는 다 알아듣잖아요. 일본어 방송은 다 알아들으면서 즐길 수 있는데도 자느라 라이브를 못 보면 결국 아카이브나 클립에 의지하게 됩니다. 아쉬워요.

그러나 어차피 역자의 활동시간은 계속 이동하고 있습니다. 그러다 보면 어느 날엔가 국내 시간대와 맞춰 활동하는 버튜버들의 라이브도 볼 수 있게 되지요. 역자는 특히 특정 버추얼 유튜버만 좋아하는 게 아니고 전반적으로 다 좋아하는 편이라 오히려 이게 제일 낫지 않은가 싶습니다.

독자 여러분도 다들 자신에게 맞는 방식으로 좋아하는 버추얼 유튜버를 즐기시면 좋을 것 같습니다. 역자는 주로 H프로덕션을 보고 있습니다만, N그룹 쪽도 그렇고, 다른 기업 소속은 물론 개인 버추얼 유튜버까지 다들 열심히 활동하고 있으니까요. 국적조차 넘어서 원조라 할 수 있는 일본은 물론, 글로벌한 영어권, 당연히 한국어로 활동하는 버추얼 유튜버도 있습니다. 이토록 많은 수가 활동하고 있으니 분명히 그 중에 밀어주고 싶은 버추얼 유튜버가 꼭 있을 겁니다.

역자는 이만 물러갑니다! 또 만나요!

VTuber인데 방송 끄는 걸 깜빡했더니 전설이 되어있었다 2

초판 1쇄 발행 2023년 1월 10일

지은이_ Nana Nanato
일러스트_ Siokazunoko
옮긴이_ 박경용

발행인_ 신현호
편집장_ 김승신
편집진행_ 권세라 · 최혁수 · 김경민 · 최정민
편집디자인_ 양우연
관리 · 영업_ 김민원

펴낸곳_ (주)디앤씨미디어
등록_ 2002년 4월 25일 제20-260호
주소_ 서울시 구로구 디지털로 26길 111 JnK디지털타워 503호
전화_ 02-333-2513(대표)
팩시밀리_ 02-333-2514
이메일_ lnovellove@naver.com
L노벨 공식 카페_ http://cafe.naver.com/lnovel11

VTuber NANDAGA HAISHIN KIRIWASURETARA DENSETSU NI NATTETA Vol.2
©Nana Nanato, Siokazunoko 2021
First published in Japan in 2021 by KADOKAWA CORPORATION, Tokyo.
Korean translation rights arranged with KADOKAWA CORPORATION, Tokyo..

ISBN 979-11-278-6668-6 04830
ISBN 979-11-278-6572-6 (세트)

값 8,500원

©Hiro Ainana, shri 2022／KADOKAWA CORPORATION

데스마치에서 시작되는 이세계 광상곡 1~25권, EX

아이나나 히로 지음 | shri 일러스트 | 박경용 옮김

한창 데스마치를 치르던 프로그래머 스즈키 이치로(29).
「사토」란 닉네임을 쓰는 그가 잠시 잠들었다 깨어나 보니
듣도 보도 못한 이세계에 방치되어 있었다!
혼란에 빠질 틈도 없이 눈앞에는 처음 보는 괴물의 대군이 다가오고,
하늘에서는 유성우가 쏟아진다.
정신을 차리고 보니, 최강 레벨의 힘과 막대한 부를 손에 넣었는데……?!
이렇게 사토의「유유자적, 가끔 시리어스, 그리고 하렘」인
이세계 모험담이 시작된다!!

**최강 레벨과 막대한 재보를 가지고
시작되는 유유자적 이세계 관광!!**

최약무패의 신장기룡 1~19권

아카츠키 센리 지음 | 무라카미 유이치 일러스트 | 원성민 옮김

5년 전 혁명으로 인해 멸망한 제국의 왕자 · 룩스는 실수로 난입하고 만
여자기숙사 목욕탕에서 신왕국의 공주 · 리즈샤르테와 만난다.
"……언제까지 내 알몸을 보고 있을 생각이냐, 이 바보 자식아아아앗!"
유적에서 발굴된 고대병기 장갑기룡.
일찍이 최강의 기룡사라고 불리던 룩스는,
지금은 공격을 전혀 하지 않는 기룡사로서 『무패의 최약』이라고 불리고 있었다. 리즈샤
르테의 도전을 받아 결투를 벌인 끝에,
룩스는 어찌 된 영문인지 기룡사 육성을 위한 여학원에 입학하게 되는데……?!
왕립 사관학원의 귀족 자녀들에게 둘러싸인 몰락왕자의 이야기가 시작된다.

**왕도와 패도가 엇갈리는
『최강』의 학원 판타지 배틀, 개막!
TV애니메이션 애니플러스 방영작!**